El Dragón Milenario
y las Faenas de Yayo

Adaulfo Eduardo Galvis Contreras (UFO)

Ilustrado por Danilo Mindiola Montero

Reservados todos los derechos. No se permite la reproducción total o parcial de esta obra, ni su incorporación a un sistema informático, ni su transmisión en cualquier forma o por cualquier medio (electrónico, mecánico, fotocopia, grabación u otros) sin autorización previa y por escrito de los titulares del copyright. La infracción de dichos derechos puede constituir un delito contra la propiedad intelectual.

El contenido de esta obra es responsabilidad del autor y no refleja necesariamente las opiniones de la casa editora. Todos los textos e imágenes fueron proporcionados por el autor, quien es el único responsable sobre los derechos de los mismos.

Publicado por Ibukku, LLC
www.ibukku.com
Diseño y maquetación: Índigo Estudio Gráfico
Ilustraciones: Danilo Mindiola Montero
Copyright © 2022 Adaulfo Galvis
ISBN Paperback: 978-1-68574-160-0
ISBN eBook: 978-1-68574-161-7
LCCN: 2022910878

Índice

Prólogo	5
Inicio	7
Deambulando por los barrios de Valledupar	45
Matrimonio	55
Relación con otros familiares	77
Las gallerías y galleras	89
Hazaña del pollo pinto	109
Ingreso a la Universidad Popular del Cesar (U.P.C.)	127
Un joven del pueblo busca sus objetivos	131
Vocabulario	139

Prólogo

EL DRAGÓN MILENARIO Y LAS FAENAS DE YAYO, es una novela que nos transporta a unas situaciones reales y fantásticas a través de una literatura sublime, sin tanto lenguaje rebuscado, sino fácil de entenderlo. Donde los episodios van sucediendo de forma cronológica tal como lo vivieron algunos personajes de la región Caribe de Colombia hace tiempo: políticos conocidos, indígenas arhuacos, empresarios, ganaderos entre otros, quienes existen o existieron en la vida real. Estos fueron llevados a un mundo literario del "realismo mágico" lleno de emociones inimaginables. Por doquier, se muestra el loco andar del protagonista que no para un momento. Donde sus aventuras se convirtieron en épicas o quijotescas por los diferentes sitios de la ciudad del cacique Upar y de sus cabeceras municipales. La vivencia se nota mejor cuando Yayo, el personaje principal, acompaña con espíritu alegre, a su gallo preferido, ganador de todas las riñas que protagonizó. Él y sus camaradas formaban parrandas interminables y alegres después de salir de las galleras con el dinero ganado en las apuestas que hacían por su gallo invencible. No solo se leen aventuras sino también la boda de este personaje "macondiano" al lado de una hermosa jovencita guajira cuyos ancestros participaron en la historia épica de este departamento. Hay que mencionar, además, su viaje a Santa Marta en busca de su partida de bautismo para poder contraer nupcias en la iglesia católica en presencia de su musa inspiradora. Como resultado de esta magnífica relación, nacieron dos muchachitos (Hoy Profesionales universitarios) que llenaron de felicidad el hogar de este gran luchador y escritor por vocación. No solo trabajaba, sino que también comenzó a estudiar una carrera universitaria y más tarde se especializó en pedagogía. Cabe subrayar que esta narrativa, nos lleva a participar en la obra como si fuéramos personajes de ella. De ahí que llegué a pensar que era un apostador a favor del "gallo Pinto". Por otra parte, quise entrar a reprender al ladrón de gallinas y gallos, por lo cual, por obvias razones no lo pude hacer. En esta novela se resalta principalmente una costumbre atávica de la Costa Atlántica Colombiana, "las peleas de gallos Finos" con apuestas de menor o mayor cuantía que realizan afuera y adentro de las galleras.

Por otro lado, hubo una situación ignominiosa en la universidad donde estudió Yayo, descrita magistralmente con una pluma literaria inédita, dando a conocer los pormenores de ese acaecimiento, que trajo como consecuencia el cierre del Alma Mater durante dos años.

Teniendo en cuenta toda la obra, se puede inferir que esta va a marcar un hito en la literatura colombiana y universal.

JAIRO HERRERA RODELO

Inicio

Eduardo, arremetió contra lo que su ágil mente imaginó que era un híbrido descendiente de un dragón asiático y otro europeo basándose en unas explicaciones que brindó un docente durante el desarrollo de una clase en el programa de ciencias Naturales en el colegio Nacional Loperena de Valledupar, Cesar, Colombia; ese dragón oriental de la antigüedad que habitaba en las montañas donde hoy se encuentra plantada La Gran Muralla China "era un ser animal amenazante y atroz" que se le brotó miles de años después a Eduardo de repente en un potrero de la finca de José María Hinojosa (Este ganadero colombiano amigablemente lo mostraban sus amigos y familiares usando el remoquete de Chema Hinojosa), ubicada en la comarca llamada Calleja en la zona rural norte de Valledupar, ciudad donde se celebra una de las festividades más populares de Colombia apaleando resonancia universal: EL FESTIVAL DE LA LEYENDA VALLENATA a finales del mes de abril e inicio de la mensualidad de mayo todos los años desde 1968. Donde se toca la caja, la guacharaca y la acordeón que dan como resultado cuatro ritmos: Paseo, Son, Merengue y Pulla Vallenata (No hay que confundir el son y el merengue de la música vallenata con el son cubano y el merengue dominicano); el tierno núbil no se enredó al hacer presencia el embeleco monstruoso agarrando una tranca de árbol de matarratón criollo que por casualidad, hacía presencia a poca distancia de donde él se encontraba observando la naturaleza absorto en el nativo sitio dejando contemplar a sus ojos auscultadores o miradores los robustos macizos de florestas de algarrobillo muy encumbrados poseyendo una eminente visible fronda; cuando descubrió el aparato volador del susto "usando los sentidos de la visión se comió lo increíble", consternado "ante lo espantoso de esa entelequia" que a veces mostraba un parentesco a una "alada sierpe prehistórica" portando fuertes y vanidosas plumas de variados salpiques transmutados en combinados coloridos en sus alas, pero el joven se confundía cuando examinaba especie de ave muy crecida poseyendo 4 gruesas patas parecidas a las crueldades que acostumbran a ejecutar los despiadados dueños de fábricas con sus trabajadores cuando anualmente les solicitan aumento de los honorarios porque ya el Estado Permisivo por decreto ha hecho realidad la devaluación de la moneda legal en su égida territorial al ser comparada con el dólar de EEUU. El pensamiento de este lozano se embrolló al descubrir la aberración portando cuatro extremidades para caminar unidas a esos cabos hay dos alas terminadas en garras convertidas en flageladores verduguillos como las que usan los anárquicos para pisotear a los que diariamente producen plusvalía al ejecutar su trabajo en las horas de laborar en las producciones de artículos de consumo en las fábricas donde laboran; conduce una amenazante boca semejante a la desembocadura al mar de un río caudaloso por lo profundo y ancho; su representación rayaba ser un cernícalo más atroz que los capitalista en el mundo con sus obreros, semejaba a un cavernario y asesino cocodrilo volando conduciendo una larga movediza cola; acarreando en el instinto de su pensamiento acerca de esa rémora el impúber acometió acarreando un palo contra el terrífico ser, garrotazos fuertes poseyendo aprehensión le lanzó llevando bizarría en su pensamiento, la fiera amenazadora ante los leñazos arduos lanzados por el impúber retrocedió, el chaval al contemplar este acaecimiento comprendió que no era un ser automático; en esos momentos el rústico monstruo abrió su mal oliente boca arrojando fumarada de llamas que salieron de lo más recóndito de su vientre dirigidas al impúber de forma aviesa, el chico cuando descubre la candela quemante yendo en su itinerario hábilmente se lanza al suelo, ejecutando el movimiento defensivo para un costado del embravecido maparapo[1], rápido en revelar cavilando en la ferocidad llevada por la quimera para forjar su mortal deseo volvería a expeler candelilla, el muchacho se agranda usando el leño que conduce en sus manos ubicando un cruel golpe en la cabeza de ese aterrador engendro[2] cuando él horripilante ser lo volvió a envestir, el adefesio al recibir el atroz estacazo en el entendimiento se paraliza, "poco a poco" se va inclinando desplomándose vapuleado a la superficie del globo terráqueo; Eduardo, después de retirarse a andanza veloz de la desconocida entelequia a unos sesenta metros, lo observa apaleando arrogada suspicacia, "algo en lo más profundo de su conciencia le corrobora que ese adefesio no está sin existencia por el leñazo propinado en la región orientadora de esa monstruosidad", se allega metódico al despropósito criminal, cuando se encuentra como a una y 1/2 yarda de la "Pavorosa ridícula figura", ella, levanta revoloteo ambidextro en el paraje; se retira unos treinta metros de trecho de su rebenque, el ensueño intenta devolverse conduciendo intención vicia de abalanzarse a la colectividad corporal del chico quien piensa: "Si corro esa bestia me ataca y agarra por la espalda, mejor lo enfrento exteriorizando decisión". El impúber animado le muestra el cerrado que posee en sus patrocinios, descubriéndose arqueado, osado a repiquetear aprovechando la tranca conducida en sus manos para magullar en el cuerpo de ese espantoso vertebrado. El volador al contemplar las acciones que plasma el mozalbete voltea como si comprendiera que lo volverían a sacudir; ejecuta un giro lleno de arrogancia terminando en la nebulosa confeccionando en el espacio salvaguardado concertando pizpiretas fugitivas boato a lo infinito; de paso deja en la retina del imberbe mancebo una serie de desplazamientos para todos los lados coordinados dotados de impecable hermosura; el mozalbete vislumbra la fugaz efigie hasta que se atempera en el apartamiento desapareciendo en el distante éter. Por momentos el chico abriga la esperanza de encumbrar vuelo fugaz para alcanzar a ese ignorante umbrío, definiendo la disputa que iniciaron concretando "de una quién vence en el sectario pugilato"; de inmediato después de varias pretensiones de encumbrar planeó moviendo sus brazos como las alas de un volátil para ir a lo más lejos del infinito, se mentaliza que planear como Maparapo le es íntegra e inverosímil realizable esa acción. De repente, Piensa, que de pronto "ese inculto", puede "Ser una máquina torpe enviada por algún reaccionario terrateniente", "para atemorizar la gente del pueblo", que cavila diferente a ellos en lo que a las utilidades del trabajo se hace referencia; él, después de pensar concreta en su cerebro: "No soy tonto, desde que tengo claridad de pensamiento en lo ideológico ¿O será que en alguna inhóspita selva todavía quedan dragones? La ciencia ha concluido que "estos seres practicantes de insospechadas salvajadas desaparecieron" ¿Por qué ese ser infernal hace presencia de repente?

Pasados unos segundos, el mozalbete se sienta en su chinchorro, mira para el frente, los costados y para atrás a ver si contempla la demoniaca entelequia, no recuerda teniendo la certeza si lo evocado sucedió o no en época cercana, comprende que momentáneamente despliega en forma horizontal en su hogar ubicado en Valledupar, Cesar, Colombia en el barrio San Joaquín, en dormilona construido por aborigen guayú en la región desértica del departamento de la Guajira al norte de la patria cafetera en América del Sur; a su pensamiento incursiona la manera de presentarse esa demoniaca figura, en su cerebro persiste la confusión si esa evocación fue realidad ida o un deslumbramiento, se acomoda en su chinchorro, le mira la hora a un reloj de pilas que posee en su muñeca izquierda, el aparato, imitación mejorada de la erigida inicial por Galileo Galilei le tributó la hora: 3:30 de la madrugada; vuelve y se sienta en su hamaca guajira, observa que su madre se levanta buscando el recipiente donde guarda el acopio molido de abatí combinado llevando millo molido basada en esa masa promiscua hará bollos[3] y arepuelas[4] de huevos misceláneos introduciéndoles cerdo, queso rallado algunas veces en vez de requesón llevan carne trabajada de ganado vacuno o de pollo, las que han sido encargadas por conurbanas e intermediarios de la zona Rincón Guapo, lugar donde habita en el barrio San Joaquín en la carrera 16 entre las calles 9 y 10 estando la presencia de su hacendosa madre, oriunda de Valledupar, Cesar, Colombia. La matrona del adolescente levanta el platón donde tiene la caterva de capi cocido y molido, ese armatoste es de madera siendo construido por artesanos Vallenatos. Nico, matrona de Eduardo a quien sus amigos lo llaman llevando el mote de 'Yayo' después de ubicar el platón de madera en un mostrador empieza su faena diaria; la madre del joven exteriorizando rapidez en sus manos va elaborando magdalenas de mijo roto por un molino de metal arrastrando agregado de millo, seguidamente los arropa usando hojas de maíz curtido vertiéndolos en una marmita, posterior a eso, les envasa del líquido donde "se originó la vida", colocando el recipiente lleno de panecillos de maíz y millo en un fogón que posee en el brasero formado por tres tacanes[5] de peladillas a quienes les encaja astillas del árbol de brasil hasta que son cocidos. El susceptible chico, pasadas unas horas se levanta, contempla que empieza a despuntar el "Astro Rey aportando luminosidad a los planetas del sistema solar donde se ubica el Planeta Tierra"; el vecindario se va alegrando, colocándose de pies hasta que principia en forma generalizada las actividades más el bullicio de los humanos; las amistades de 'Yayo', como le señalan al joven estudiante hijo de Nico, comienzan a llegar al hospedaje donde pernocta el muchacho y la madre después que él desayuna en la residencia donde vive. En ese mismo instante un habitante de la carrera 16 del populoso sector emplazado barrio San Joaquín, Fernandito Mengual, un diestro manejando el palustre levantando muros en la construcción de viviendas para los habitantes de Valledupar, él es un joven que se gana el sustento oficiando cómo maestro de albañilería poseyendo orgulloso una piel que traslada una tonalidad asaz cetrina parecida a la noche sin luna llena (Es orgulloso moreno) más sus seis hijas donde la mayor es apellidada Maroxi Mengual Zuleta, salen al frente de la morada donde pernoctan al lado del domicilio ocupado por la familia de 'Yayo' de estas niñas la primera posee ocho primaveras y la sexta conocida como Ñaña arrastra una añada de existencia, lo concreto es que ostentan una madre llamada Nuris Zuleta Durán que les brinda esmerada atención a sus infantas; el maestro constructor de moradas en la ciudad de la "música vallenata" después de salir de su cobijo coloca sus glúteos en una piedra estampada debajo de un soto de Acacio ubicado frente a casa donde el competente Mengual verdea con su familia y allegados; el hijo de Nico mostrando desplazamiento rápido se allega acompañado de su amigo Gil (QPD) a Mengual, sus hijas y señora, indagándole al esposo de Nuris Zuleta Duran:

— ¿Oye Fernandito … sentiste el estremecimiento anoche?

—¡Nojoda, ni me recuerdes esa vaina! Pensé que el mundo se acababa, abrí la puerta saliendo para el patio confeccionando cuajada carrera; las niñas y Nuris se quedaron acostadas muy acomodadas, lo mismo se hallaba Maribeth Rodríguez Durán, la hermana de ella.

El joven 'Yayo' se queda atónito señalando su pensamiento:

—¡Eche, Fernandito, tú en cualquier evento negativo dejas matar a tus hijas lo mismo a tu compañera y familiares!

El esposo de Nuris Zuleta Duran tartamudea:

—'Yayo', uno no piensa en nada de eso ¡En nada de eso! Solo quiere no ser atrapado por el evento que se ha exteriorizado de condición repentina buscando exasperado estar salvaguardado; el individuo no recapacita en entelequia que no sea la protección de su vida.

—Hasta razón tienes, es una situación donde uno no remira solo busca salvarse del embate que ocurre en el momento–. Musita "el hijo de Nico".

—Como amanecieron, ulteriormente de esa sacudida de anoche–. Masculle Puloy, al acercarse en forma tímida donde hacen presencia tempranera tres de sus amigos y vecinos acompañados de seis, niñas y la madre de las menores de edad. Fernandito fisgoneando, "observa en forma minuciosa al recién llegado de pies a cabeza", luego de chismosear concluye farfullando:

—Puloy ¿Ni ese estremecimiento de anoche te hizo blanquear? Entonces ... ni para qué hablar más.

Todos sueltan carcajadas que se esparcen en el ambiente, hasta las hijas de Fernandito desternillan de la risa, después de ese ataque destructor y atrevido el recibidor del fustigamiento, desahogado refuta:

—Fernandito Mengual ... en ti si causó cambios el evento natural que ocurrió anoche los que se aprecian a simple vista ¡Quedaste ni un cagajón[6] de mula largamente calcinado por el sol!

La risa de los presentes se exterioriza altisonante. El maestro de albañilería, fingiendo tedio al escuchar lo esgrimido por el hablante en el coloquio entre amigos, pronuncia:

—Puloy, dejemos el racismo a un lado, no te parlamenté oraciones parecidas a las que acabas de frasear... Son *enunciados* potando pura discriminación racial infecunda que solo esbozan personas poco inteligentes. Arguyendo franqueza humana, te recomendaré lo siguiente: Debes cambiarte el coco[7], de forma inmediata, que te hagan blanquear brillando la gama de todo el organismo en zona externa, te aseguro que tu mejoramiento físico incluido el cambio de tú horrible faz será grandioso genial. Solo de esa forma podrás presentarte entre los humanos llevando sutileza y gallardía sin poseer temor.

—Lo puedo ejecutar, si tú colocas el ejemplo ¡Pareces un muñequito de alquitrán oscuro diciendo rabiosamente que no gusta de "negros porque ellos no aceptan la civilización" y además son unos fantoches!

Los dos amigos continúan rebuscando las "frases burlescas" causantes de risas, cuando los aliados están en su furor, por la risa que causa sus especulaciones, Puloy, murmura:

—¡Se aproxima Vallenato con el hermano mío llamado Pato!

Uno de los asistentes de ese coloquio de vecinos murmura:

—Está bien que venga él Pato, pero ese hijo del viejo Buelves que viene a buscar acá, es un joven que se las pica de muy serio Y bollón, "todo le molesta y se cree muy sabihondo".– Asevera Mengual antes que ellos concurran al lugar donde un grupo de vecindades mayores y lozanos se encuentran muy atinados. Los jóvenes, Pato y Vallenato consiguen presentarse al lugar escogidos por los que se están aglutinados en presencia de un familiar de él que tiene mote de Puloy, de seis nenas la madre, Gil hermano de coges moscas más 'Yayo'. Es el consanguíneo de Puloy quien arriba murmurando:

—¡Acaban de matar al Zorro!

Su procedente, colocando cara de sorpresa, contesta gritando con desespero:

—¿Cuál Zorro? ¡Mejoren esa información, así como dijo Pato, el más chismoso queda griego[8]! Mejoren. Por este sitio tenemos a alguien que le dicen Zorro y es un muchacho muy joven no creo que él sea el difunto ¡Mejoren lo dicho o se largan a vestir madrinas de hernistas!

El hermano del dialogante que acaba de arribar, sorprendido por las exacciones de su ascendente, barbulle:

—¡Vaya ... vaya! No sabía que poseía un enhiesto pariente riguroso para que le esclarezcan las jácaras. Para que no te batas contra la tierra o un muro de una mansión estapándote[9] la cabeza, seguiré describiendo los detalles ... El Zorro era un señor que le gustaba comer gallinas en sancocho cuando bebía etílicos. Lo interesante de toda la historia, era que esas gallinas no eran de él; las cogía prestadas, eso sí, nunca las restituía. Esa fue la figura que asesinaron ¿Él por qué? No interroguen ya que no lo sé, de pronto más tarde cuando reciba algunos comentarios precisos les aclare muchas cosas ¿Han quedado satisfechos?

En la conversación, Fernandito Mengual desplegando picarescas risotadas, masculla:

—¡Pero cófrade Pato, no es a nosotros que le debes realizar esa pregunta! Hágasela a su 'honorable' comunicador deudo; sin querer queriendo nos distes una información muy exacta acerca del personaje Zorro, gracias por su investigación. El día que haya un concurso de expositores de las historias del pueblo vallenato, usted lo debe ganar, eso es así de sencillo.

Pato, en un arranque de esos que parecen llenos de desespero, cuchichea:

—¡Fernandito, me estás diciendo chismoso, eso si no lo acepto, va en contra de mi seriedad que es indiscutible ante la sociedad: yo no ando comentando cosas que no tengan importancia y no hayan sucedido! ¡Los chismes son para gente mediocre que viven levantando calumnias al poblado sin contemplación!

En medio de bullicios todos gozan, llegan Jáner heredero de Buelves, Joché, el hijo de Monra, coges Moscas hermano de Gil, el Negro vástago de El Mono Nieves, un muchacho a quien le apodan el Zorro porque el afirma que, su persona, es el personaje de las caricaturas que son vendidas por el mundo, agrupándose en ese sitio toda esa gallada exégeta del sector. En medio de cualquier batahola cuando va arribando Chú nieto de Susana Pontón hablando acompañado de Josefo de Guacoche, Vallenato, expresa:

—No te vayas a ofender amigo Zorro azabache; Contéstame la información que te voy a sugerir amigo ¿A ti por qué también te dicen zorro? Nunca he escuchado decir que robes gallinas, entonces ¿Por qué ese trágala?

El aludido de inmediato llevando en su perfil aparente seriedad responde:

—Es qué las pilatunas que leen en las revistas o paquitos distribuidos por el mundo del personaje apodado Zorro las ejecuté yo hace unos años cuando viví en la zona rural de Estados Unidos de Norte América más concreto en Texas.

—Oye, aclárame la inquietud ¿Qué edad tenías cuándo sucedió eso?–. Interroga Vallenato arrastrado bribonada.

—Apaleaba unos 19 años cuando acontecieron todos esos hechos, por tal razón tuve muchas gringas de novias–. Responde el preadolescente Zorro.

—Ayer le pregunté a tu papá por tu edad y me contestó que poseías trece años. Pero tú eres un viejazo, por lo que escucho y he leído… esas faenas ocurrieron hace más de cien años–. Afirma Chú nieto de Susana Pontón expulsando una elevada algarabía.

—No hombre, lo que pasa es que la prensa muchas vainas las inventa tergiversando la verdad–. Recusa el Zorro.

—¿De qué tamaño fue el tabaco de cannabis que te fumaste hoy?–. interroga Puloy.

—Ya me estás blasfemando. Uno no puede narrar las vivencias maravillosas que ha ejecutado en la vida porque lo ofenden, son unos incrédulos y además insultantes–. Responde el adolescente Zorro aparentando una seriedad evidente.

—No mal interpreten al dialogante. Lo que pasa es que esta familia dada 100 años rejuvenece como Drácula–. Expresa el Negro hijo del Mono Nieves presente acompañando a bravíos observadores emitiendo estruendosas carcajadas en él sitio debajo del árbol de Acacio ubicado en la casa donde vive Fernandito Mengual acompañado de su esposa y familia.

Ipso facto, uno de los presentes en aquella inigualable tertulia exclama:

¡Miren… allaaá… en la esquina en la casa de doña Elsa se encuentra la Carpa[10]!–. Exclama Vallenato.

—En la quita y pon de la señora Elsa, esas mujeres que acompañan a la sibila son tres muchachas que le están entregando billetes a la adivina–. Asevera Fernandito Mengual.

—Les va a decir la suerte, "no perderla de vista" para reírnos toda esta semana y la venidera–. Farfulle Jáner en aquella ocasión llevando trastada en su rostro.

—Está sacando las barajas, acérquenos a ellas teniendo "mucho arcano"–. Sugiere Pato socarronamente mirando y llevando picardía a Joché, hijo de Monra.

—¿Qué es eso de la suerte? Expliquen o describan esa vaina–. Argumenta Chú nieto de Susana Pontón expresando una risita ladina.

—Aaah … si esta plasta[11] de toro criollo mal alimentado ahora comiendo pasto viche[12] se cree hijo de una reina asiática–. Litiga Jáner en ese espacio.

—Y de un Marajá de medio oriente dueño de una inmensa fortuna instada en considerables yacimientos de petróleo–. Responde Chú recién llegado a la congregación de esos seres cerriles observadores lanzando fieras risotadas.

El grupo de satíricos consagrados parte para el sitio donde La Carpa exorcizará a tres jóvenes mujeres. No van en grupo porque han acordado conseguir cercanía a las juventudes y la hechicera arribando separados. Toman dirección de la Carpa y las recientes, van pasando teniendo mucho eufemismo por la esquina ubicada en la acera del frente de las jóvenes y la adivinadora, caminan unos metros inmediatamente cruzan para el frente van situándose uno por uno a menos de tres metros de donde se ejecuta la brujería; la cancamana[13] no nota la aproximación de otros 'invitados' ya que está de espaldas

17

concentrada en su magia y sus acciones nigrománticas; el ocultismo en medio de unos conjuros realizados con solvencia por la maga usando el movimiento de sus manos, brazos, piernas lo mismo que muslos y el resto del cuerpo confeccionando los actos mágicos aprovechando la adivinanza; la 'encantadora' mujer alecciona a las damas muy jóvenes que están en diálogo intercambiando opiniones al lado de la lechuza; la 'comadrona' adivina saca un juego de naipes, después de pasearlo de la cabeza a los pies por el frente de cada mujer perpetrado faenas malabáricas expresa ineludible las siguientes órdenes:

—Ahora, una de las presentes damiselas, después de ser elegida por vosotras, tomará llevando grandeza en su pensamiento un naipe de estos que poseo en mis patrocinios una vez termine de embarajar las cartas utilizadas para plasmar las adivinanzas. Empiezo… Machumpa[14], Congargalla[15], diosas de las jóvenes y su libertad, haz que en la baraja que escoja la nueva señalada por sus amigas teniendo la finalidad divinizada y precisa de realizar este acertijo ahora que la llame, apareciendo en él naipe arrogando precisión lo que ellas añoran (estas acciones se materializan con movimientos rápidos de las manos de la maga). Venga la niña escogida acérquese cantando su apodo, agarre su carta y tiene la bondad de devolvérmela sin repararla con sus maléficos avizores ojos–. Transcurridos uno, dos o más minutos después de contemplar minuciosamente el rostro de la joven escogida por las féminas lozanas … ella dialoga:

—Mi nombre es Espérila Mandaquieto–. Después elige la baraja entregándosela a la bruja.

La hechicera impostando su voz exclama haciendo que las palabras enuncias salgan al espacio en medio de una voz extraña y atronadora:

—¡Has escogido el As de Bastos! Pretendo un subido silencio por parte de ustedes tres y los que se adosen acometiendo auscultar este aclamado y grandioso suceso ubicándose a más de tres metros de distancia de mí encantadora figura (Risas). Voy analizando la carta, diviso en el fondo de una galería la figura que va emergiendo de otro túnel presentado en el fondo del corredor descrito: Esa criatura es bastante aventajada de tamaño y posee suficiente corpulencia lo mismo que una reciedumbre notable a simple perspectiva, al aproximarse a la salida del túnel muestra llevando claridad su estampa ¡Quién lo creyera! ¡Se elucida la primera estampa en el naipe elegido por la Espérila Mandaquieto y va colocándose sobre el lado más grueso de la rama del As de Bastos! ¡Es una Copa! A su lado ¡Aparece otra Copa! ¡Toda la carta es pura Copa! ¡Llego a la Conclusión infalible dotada de mucho acierto que ustedes entre más Copa les dan, más Copa quieren!–. Las tres mujeres parten a enmarañada carrera casi "despeñándose a los suelos" atacadas por la risa perseverante. La sacerdotisa Carpa en esos momentos descubre que tiene otros auditóriums del encantamiento agrupados a menos de dos metros de donde se realizó el ensalmo, pero lo antinatural desmejorado es que son varones. En forma acompasada voltea para donde los intrusos enfocando a Fernandito Mengual a quien llaman amigablemente "el Negrito del Batey" que estaciona allí muy cerca de donde ocurrió el hechizo en compañía de sus aliados bastante lozanos, después de aguar los sentidos observándolos de "pies a cabeza" la hechicera interroga, afirma y concluye:

—¿Ustedes por qué escuchan bastante cerca de mí esbelta imagen un conjuro que le realizaba a unas mujeres? Por esa espantosa falta… ¡Ahora… uno de vosotros se transmutará en faranfanfá!

El vecindario que ya se ha ido congregando en ese punto y que muchos le han escuchado el término a la adivina en otros hechizos arman una sagaz algazara.

Pasado un corto tiempo Vallenato, simulando mucha intranquilidad, consulta:

—¿Cuál es el significado de ese término que tiene una pronunciación hasta graciosa: faranfanfá?

La saga de forma instantánea responde:

—Es un hombre que exhibe marido (Enloquecida carcajada por los que ya se han ubicado en el punto).

Centelleando picardía Vallenato terminadas las risas vuelve a inquirir:

—¿Cuál de nosotros, será, el que tendrá el infortunio de ser designado?

La sibila medita por un corto laxo tiempo, "después de este raciocinio rompe la sordina" emitiendo este argumento:

—No puedo decir eso de manera improvisada porque de pronto puede ser usted el afortunado ... Emito una explicación: Estos eventos donde interviene la magia deben programarse teniendo mucho ensueño; para este hechizo correspondería realizarles un examen muy meticuloso arrogante a ustedes: "Les correspondería sin avergonzarse descender hasta los talones cada uno de vosotros el gregüesco y los íntimos así estén untados de heces; seguido colocarse boca abajo en la superficie se quedan tumbados mientras busco una rama de pringamoza[17] que por aquí existe donde uno menos cree matas de ese espécimen, les voy sobando persona por persona esa planta en pleno ano, el que más brinque gritando": ¡Ese será el afortunado escogido!

La estruendosa jarana exteriorizada por parte de los que se han ido adosando a ese sitio donde se acaba de practicar un acertijo acompañado de una alharaca tuvo que haberse escuchado en todo Valledupar y Colombia. La pitonisa 'encantadora' busca congraciarse con la turba que se congrega prestando atención a ese sortilegio donde concurren individuos cesantes permanentes en el trabajo faltando mucho puestos de compromiso ya que existen pocas fábricas en la ciudad donde ocurre el acto diabólico; la mayoría de los pudientes de este país piensan que es mejor invertir en ganado que crear fábricas que produzcan bienes de consumo para la sociedad; el gentío continúa presentándose al lugar donde la Carpa acaba de concluir la "exorcización" a tres damas muy impresionables; la adivina vuelve a invertir su mirada pugnando para donde confina Fernandito Mengual y sus camaradas la mayoría muy jóvenes, señalando a los acusados mientras masculla:

—Ustedes, tendrán una sanción por parte de las Fuerzas del Destino. Bocambala[18], Xenucomba[19], Zalencopia[20], diosas de las mujeres, lo mismo que el horrible Maparapo y Sangacanuto[21] igual que Mequetrefe Dioses de la masculinidad vigilantes del sexo no tendrán compasión por vosotros; ese desobediente hecho de escuchar sin permiso muy cerca de mí "agraciada persona" un Ado que le obraba e informaba a unas jóvenes damas no lo perdonarán los dioses del destino ...

Repentinamente la hechicera barbulle:

—¡Acabo de descubrir entre ese grupo de miserables y atarvanes a un ser intachable ¡El profesor 'Yayo'! ¿Usted que hace ahí, en medio de vagabundos, salvajes e irrespetuosos? Sálgase de allí antes que los dioses por equivocación lo escojan a usted, a ellos les encanta la gente intelectual para convertirlas en Faranfanfá[22] (Risas terribles) ... así que rebotad de la parte anodina de esos bandidos e insolentes portadores de un aspecto de semihumanos (Risas), va a colocarse entre el público llegado a esta inigualable evocación, ¡Usted será un fisgón más!

'Yayo' se ubica entre la población presente mientras un miembro de los deshollinadores levanta la mano solicitando la palabra, la vidente en una acción conciliatoria para los espectadores a ese tropel se la concede así fraccione la blasfemia que se ejecuta en ese paraje, él 'invitado' por la Carpa da iniciación a su perorata:

—Apreciada y hermosa dama (Risas enloquecidas que interrumpen al dialogante, cuando los reunidos en aquel paraje apaciguan las sonrisas acompañadas de la buya él verboso sigue su intervención) ... Voy a presentar una propuesta en este sitio y en un santiamén, pero antes le envío por decisión propia estos cincuenta mil pesos a través de esta impecable dama (Señala a la Carpa) a las fuerzas del destino...

—Usted si sabe cómo son los impedimentos que ha impuesto el As de Bastos en estos casos (Risas bulliciosas), puede continuar–. Articula la hechicera mostrando orgullo en su faz.

—Me parecería bondadoso de parte suya que interceda por estos muchachos y este señor ante las Fuerzas del destino. Pondero, horroroso que un hombre no acostumbrado a esos escándalos "sienta un varón en sus espaldas flagelándolo" (Terrible carcajada emitida por los presentes) ... Debe ser algo humillante, barrunto impertinente. Le voy respetuosamente a suplicar que ejecute un acto de salvación de esos implicados ¡Ahora mismo, en este espacio, delante de los asistentes!

—No me negaré, pero los presentes también deben colaborar enviándole cualquier cosa a las fuerzas del destino (locura en las muchedumbres) ... ¡Sangacanuto no se molestará si le envían algún presente, Maparapo tampoco. ¡Al contrario, se preocuparán por el bienestar de los benefactores!

El hombre nuevo que donó los cincuenta mil pesos agarra un sombrero vueltiao que le prestaron, empezando a recoger dinero entre los asistentes que ya son más de cincuenta, al final, la donación de él, con lo recogido completó $ 108,000.00 (4,118.99 USD) el señor anuncia la cantidad acopiada entregándosela a la Saga. La mujer agradecida ponderando a los asistentes al acto de sortilegio anuncia de manera instantánea:

—Por el fantástico proceder generado por ustedes practicaré lo que solicitó el hablante habitante del municipio en forma genial, civil bizarra; estos episodios se celebran con mucho hermetismo, pero como solicitan que lo haga en este espacio abierto, lo fanatizaré donde existimos en el momento. Quiero absoluto silencio de todos los bien venidos a esta zona; voy a iniciar el acto (La gente obedece haciendo una mudez holista), orientaré con esta vestimenta que tiene un aspecto circense, ahora solicitaré permiso a doña Elsa para cambiar de vestido actuando con el atuendo verdadero para estos casos (cuando la carpa, solicita permiso a doña Elsa, para entrar a su casa saliendo con el nuevo atavío estampado en su cuerpo, se desquicia una contracción en los músculos que emiten las algazaras satanizadas), transcurridos unos tres minutos, sibila tramando una "voz que ella afirma es del más allá", bosqueja:

—¡Necesito total mutismo por todos los congregados en este espacio! Voy a levantar los brazos, ahora cerraré los ojos, vida a la magia ... dioses del destino, intercederé en estos instantes y en este paraje por estos infelices caras de lechuza respingada, irrespetuosos, fisionomías de mico sogueado por el cinto en el patio de una morada (Chifladura colectiva), algunos mujeriegos borrachones... (Escandalosa algazara) humillando a sus compañeras Permanentes, pero lo importante aquí, no es problema de infidelidad masculina, hay que interceder por unos aberrantes 'imbéciles' que desobedecieron los impedimentos implantados por ustedes en asambleas de dioses del destino. Machumpa, Congargalla ... Diosas de la dirección de las mujeres, Xenucombo, Zalencopio, lo mismo el pavoroso Maparapo, Bocambala y Sangacanuto... Dioses de la masculinidad, intercedo ante ustedes, para que salven del castigo impuesto por sus benditas efigies, ante un acto violador de lo correcto, a unos pobres diablos, caras de canguro que le "falta una pata trasera al provocarle un desplazamiento dificultoso", que practicaron la bestialidad de escuchar a mis espaldas muy cerca de la 'divinizada colectividad corporal mía' cuando estampaba un sortilegio que le profesaba a unas diamantinas jóvenes mujeres ... ¿Por qué intercedo por ellos? Son unos seres correctos, pero por tener el cerebro desorientado por la ignorancia (Burlescas carcajadas), cometieron la asnada de oír yuxtapuestos a my una nigromancía que no era para ellos, sino para personas del sexo femenino, no había colados de esos que aun que son hombres, se creen mujeres (Espantoso desordenamiento en público presente) ... Les agradezco la deferencia ... Ahora mismo se los comunicaré a todos ... (Maquiavélica risotada). Pasados unos minutos por la bulla armada en los presentes la pitonisa inicia su respuesta con una voz de hechicera irritada:

—Bueno, sancionados, pueblo presente en este bondadoso espacio testigo de preponderante hechizo, al comunicarme dialogando en forma directa con las fuerzas que rigen el universo, de suerte los encontré reunidos en el confín del infinito (risas desordenadas) … Han aceptado quitar el castigo por esta vez, ellos dicen que como incumplan, aunque sea uno de ustedes (Señala a los sancionados), todos morirán de "Ipso facto" con un leño de guayacán bastante grueso introducido en el ano (Infernal carcajeo largo) … Ese es el mensaje de las fuerzas del destino; no siendo otra la situación, muchas gracias por el orden y la colaboración, hasta otra oportunidad, me despido de ustedes trayendo un hasta luego ¡Un momento, asistentes a este benéfico acertijo! El mes entrante llega el Festival de la Leyenda Vallenata; ojo cuando vayan a presenciar esa fiesta, las actividades más importantes de este "merecumbé" son consumadas en la noche y la vaina no está para cocinar sopas de piedras echándoles sal y limón. Hay asesinatos hasta por quitarles a los mortales una hebra de hilo, repito ¡Mu-cho o-jo! Me retiro … Antes de partir, debo hacerle una interpelación al negrito del Batey… Mira hijo aclárame una vaina… ¿Es verdad que tú te llamas Esculapiano?

El escándalo es unánime en el punto, Fernandito no puede hablar trémulo por la risa … después de unos minutos ungiendo dificultad hace un esfuerzo barbullando:

—Usted de dónde saca ese enajenamiento … mi nombre es Fernandito Mengual y me dicen los allegados "el Negrito del Batey".

—No creas que son inventos míos, ayer le indagué a Petresco Pangudo por tu nombre y cantó el que te acabo de expresar, es más lo anoté en esta agenda. Si deseas puedes comprobarlo.

—No tengo la necesidad de averiguar eso, creo en su seriedad; ese tal Pangudo debe ser un personaje que usa los interiores rotos en la parte de atrás–. Fernando expresa las últimas palabras dejando ver cierta forma de bribonada y ensueño.

Terminado el desorden armado por la presencia de la Adivina aguzando los sentidos y analizando las acciones ejecutadas por la carpa, la risa, unísona; algunos manifiestan que "hubiese sido una bienhechora, haber recogido para que hiciera otro conjuro"; con $20,000.00 (762.77 USD) más de una imprecación hacía, ella no es "caída del zarzo, donde le siguen la corriente y le proporcionan dinero, narra las predestinaciones que deseen".

Fernandito Mengual, con sus amistades desordenadas e inexpertas en el vivir cotidiano, se recogieron nuevamente en el sitio donde está plantada la agrura de Acacio arrebujándose bajo su sombra, Joché, el hijo de Monra, al llegar al soto donde siempre se apelotonan a desdeñar de todo el que se encuentre presente cayendo en "La Sin Hueso[23]" de ellos, esperó a que llegaran todos sus compinches, susurrando:

—Hubieran entrado donde la vieja Elsa, para que conocieran el televisor marca Motorola que compró ¡Es gigantesco y aguanta un chisme!

Nadie le presta atención a lo narrado por Joché, sigue el tracoteo de "La Sin hueso", Fernandito utiliza su lenguaje para, comentar:

—Existe un buen chisme, pero no me gusta hablar de esas vainas, a uno como hombre le queda mal platicar bestialidades de una mujer, por descender neto de una dama.

El Pato, que se da cuenta de lo que está ocurriendo, algunas veces especula de lo que puede suceder murmura en esos instantes:

—Ya sé cuál es la vaina, la vieja esa de los nueve…

Vallenato, no deja terminar a su camarada dialogante profiriendo ni un metiche de baja estofa:

—¡La vieja de los nueve hijos cada uno 'con su padre' en la práctica todo niño de esa caterva de hermanos es diferente a los demás en lo genético!

El Pato voltea su mirada para donde Vallenato de manera jocosa murmura:

—¡No Vallenato mi papá nunca ha injuriado por esos vericuetos!

La risa es creativa en todos los presentes, Janer Vuelves interrumpe exclamando:

—¡Esa si ha medido varas de premios!–Agita el dialogante en forma jocosa mientras todo el que está presente emite carcajadas ponzoñosas burlescas.

Indivisos se mofan incluso tirándose al suelo, la señora Rutcho, la esposa del señor Buelves, al contemplar a Jáner como de treinta metros de distancia tumbado revolcándose ni un asno en el revolvedero, articulando voz templada le acota:

—¡Tú no lavas en la casa intrépido muchacho!

Todos los integrantes de ese congregado de jóvenes que eran más de 15 guardan silencio, el 'pintado' por la dama se levanta del piso mirando jocosamente para donde la mujer que lo muestra dándose por enterado de forma muy certera que es su mamá, coexiste una mudez unísona entre los presentes, Joché, el hijo de Monra "se aprovecha de la ocasión" diciendo:

—¡No vieron el televisor de la señora Elsa es marca Motorola, también presenta un tamaño grandote un gigante como ese por esta región nunca se había contemplado!

Inmediatamente, Jáner, informa:

—¡Muchachos, ayer casi me mata Tole, con una cuchilla!

Gil, prestándole atención a lo argumentado por Jáner, curioseó … solícito:

—¿Cómo y Por qué aconteció eso?

—Siempre llego al negocio de Tole a comprarle cualquier producto desprovisto por la vieja Rutcho para cocinar la pitanza, pregunto: hay café, él Tole contesta: —si hay— le digo ¿cuánto vale una papeleta pequeña? Al dar el valor Tole le solicito: una libra de pollo; Aller de tarde le dije que cuesta un botón, al describirle el tamaño y color del punzón recitó el precio, medié ordenándole: —Despáchame dos libras de yuca… Se paró, agarró la cuchilla de seccionar la carne y coger el hatillo del queso para venderlo por pedazos al público. Presentando el rostro enrojecido se botó a ensartármela para matarme. Esa es la historia. Si no corro, enhebra, ustedes estuvieran catando tinto a costa, mía y él anduviera errabundo huyéndole a las autoridades que lo perseguirían ni un matón de preadolescentes desarmados.

Fernandito Mengual esbozando mucha seriedad y atino como nunca lo revelaba él, expresa:

—Jáner, llegó la hora de que empieces a entender que la vaina relacionándose en compañía de muchos mayores no es haciendo dulce de plátanos maduros vertiéndoles sal en vez de azúcar u otro tipo de endulzante ¡Hay que respetar! Una cuestión es reunirnos acá "tomando el pelo" a todo el que esté presente, otra, es tratar con la gente sobre todo adulta, no sabemos sus contrariedades mentales mucho menos orgánicas, empiece a tomar seriedad en eventos donde usted sea actor principal.

Lo planteado por el hijo de Vuelves, deja a los presentes en esa tertulia taciturnos, es Joché, el hijo del señor Monra que, murmura:

—Mejor vamos a mirar el televisor de Elsa, es marca Motorola lleva un color marroncito siendo un gigante no visto por estos sitios.

Fernandito Mengual, contempla fijamente a Joché, con ganas de insultarlo por estar planteando una 'vaina' que a ninguno de ellos interesa, pero no le comenta oración; los presentes como respuesta "al mirón de cosas poco importantes para ellos" y al atisbo enrarecido de Fernandito Mengual, sueltan una terrible escandalosa algazara que hizo parar a varios, pero nadie se va del sitio de congregación, Coges Moscas, en forma disimulada desvía el tema disertando:

—Miren, pienso estudiar derecho, para defender a la gente íntegra, ese es mi futuro.

Puloy, le comenta sinceramente a Coges moscas:

—Lo felicito, uno debe soñar despierto, si se lo propone, cumple sus ilusiones.

—La señora Elsa, compró un televisor, es Marca Motorola ahí está en la sala de ella para que vayan a fisgonearlo—. Insiste Joché, en la reunión; Fernandito Mengual, que lo estaba casando le responde:

—¿Cuál es tú traga con la vieja Elsa y el televisor que tiene el mismo nombre suyo? Motorola. Así se llamará usted desde este momento, Mo-to-ro-la ¿qué opinan ustedes muchachos?

Todos al unísono responden coreando:

—¡Motorola, Motorola... Mo-to-ro-la!

Ese hecho hace más de cuarenta años, Joché continúa disfrutando tranquilamente de su trágala. El sacudón de risas, decires, saboteos, trajo el acercamiento del señor Monra, Jáner, previene al grupo en voz baja mascullando:

—¡Ahí viene, él jovie[24] Monra[25], el papá de Mo-to-ro-la!

Todos sueltan carcajadas fastuosas, arriba el padre de Joché, arguyendo:

—Hoy como que hay buenos chistes, porque las celebraciones son seguidas.

Pato revelando respeto en su rostro, voltea para donde Monra, exponiendo:

—Apreciado, respetado, admirado, gran amigo e influyente vecino. Hoy, cada uno ha narrado su candonga. Su bienquisto hijo, acaba de contar la chilindrina de él, arrancando las últimas carcajadas que escuchó.

Monra contempla lleno de vanidad al hablante después argumenta:

—¡Entonces, esa cuchufleta fue buena!

—Buena no, señor Monra, eso no tiene comparación. Fue una cuestión difícil de explicar, no encontramos parangón para revelar esa salida jocosa–. Concluye, Fernandito Mengual disimulando su trastada.

Monra, lleno de inmenso orgullo casi que insoportable en su organismo, por lo narrado acerca de su descendiente, barbota:

—Él tiene a quien salir chistoso, un hermano mío, cuando joven era gracioso, así que no se sorprendan de las salidas de Joché con las chirigotas.

Jáner, fingiendo seriedad, sostiene:

—¡Dice que en su familia no hay donosos, echándonos Carretilla[26]!

—Joché, por qué no dices las cosas como son ¡Nunca niegues la verdad! ... Muchachos, me acerqué a ustedes para verterles un episodio acaecido en mi pueblo lleno de compositores de música, entre ellas la vallenata y artistas del pueblo. Un agraciado joven Patillalero, paisano mío, llamado Simbolio vive en una comarca rural al lado de su lozana apreciada compañera; él salió de la zona agrícola donde vive lejos de la faja construida del corregimiento Patillal, llevaba el objetivo de buscar una enfermera que fuera a su domicilio en la zona agraria donde arrenda después que la invadió acompañándolo su cónyuge seguido por 34 campesinos y sus familias armados del deseo de obtener un terreno para cultivar el terráqueo figurando productos de 'pan coger' para consumirlos ellos y sus acompañantes de la familia vendiendo el resto en la parte urbana de Valledupar en su mercado; ya la 'ama' de este lozano afanoso patillalero llamado Simbolio está en los días de su primer parto, se cumplió la fecha suministrada por el hospitalario para ese suceso; al arribar a las primeras moradas Patillaleras, un cuñado hermano de su compañera sentimental lo llamó, el adulto joven acudió apenas recoció el personaje que lo requería, era Fistrico el cuñado que se encontraba bebiendo etílicos elaborados en esa región, para ser concreto o explícito se encontraba allí acompañándolo 'don Churro'[27]. Le ofreció un trago al visitante, él se negó a recibir el brindis exponiendo la forma como se encontraba la hermana del brindador refiriéndole estado de su embarazo, el cuñado lo observa teniendo los ojos desorbitados parecía que fuera a golpearlo, pero balbuce:

—¿Va a parir hoy, a usted es al que la naturaleza "le jugará una pasada"? ¡No sea pendejo! ¡Péguese el trago y siéntese así emprendemos a celebrar el nacimiento de mi sobrino! No se olvide que usted desde que se llevó a mi hermana no me ha dado la cara hasta hoy, claro ella tampoco ¡No me los podía tragar enteros! Además "usted debe tener mal sabor".

—¡Debe ir a la parcela y le pregunta a su hermana! ¡Ella si le puede brindar de manera precisa una respuesta a esa afirmación suya muy payasea! Las cosas no son así que le ando huyendo, lo que pasa es que expresó en una conversación parrandeando en compañía de sus amigotes que cuando me viera me daría una trompada en la jeta; evitando una trifulca con el hermano de mi amada había evadido el empalme con su persona, no me dejaría golpear ni un pendejón potroso&; al mismo tiempo lo hago consciente que vivo trabajando en la tierra que invadí en compañía de su consanguínea; le narro con cierto desafío que no ando fugándome de usted ni tengo porqué esconderme ni al diablo, a ese otro 'cotorro' también lo enfrento dispuesto a vencerlo. Además, no me llevé a su hermana para burlarme de ella, en medio de mi precariedad económica le he ido brindando sus cosas materiales y la aprecio expresándole cariño y preocupación por ella, lo que no poseía con su familia. Le daban era golpes e iniquidades, usted era uno que la agredía cada vez que le daba la perra gana ¿Atrévase ahora para que le salga el demonio arrojando fuego llevando ganas de matar?

—No les prestes atención a comentarios callejeros ¡Usted llegó fue a desafiarme y hasta de cotorro me ha tratado!

—A desafiarlo no. Le dialogo de esa forma porque mi mamá siempre en casos como este sostiene:

—"Si el rio cuando crece por el aumento de agua truena piedras trae".

El cuñado de Simbolio hermano de su consorte desvía el tema expresando:

—¡Ahora no se vaya a dejar sacar de ese terreno ni un idiota! Recuerde que aquí está su cuñado dispuesto a lo que sea para defender lo de mi sobrino que viene en camino, lo de la hermana y en este caso lo que pertenece al cuñado.

—Mire pariente, sí es que lo puedo llamar así, hay conmigo treinta y cinco labradores de la tierra todos nos reunimos concluyendo que estamos dispuestos a defender nuestras parcelas que las hemos trabajado por más de dos años, así que si nos toca actuar será en conjunto, esas son tierras que jamás han tocado, pero de pronto ahora que están trabajadas aparezca algún avivato terrateniente diciendo que esas parcelas están ubicadas en terrenos que son de su propiedad, pero al final se llevará la sorpresa más desencantadora cuando se entere que existe un conjunto de hombres, mujeres y niños campesinos defendiendo la tierra que consiguieron sin nadie que las trabajara desde que nació el planeta donde habitamos, este punto lo hemos atareado hoy son lugares llenos de "pan coger" que nosotros hemos sembrado y lo defenderemos con la fuerza de nuestra razón si es necesario, no nos dejaremos arrebatar de forma miserable lo que nos ha costado esfuerzo, angustia y sacrificio e incluso lágrimas.

El hombre lozano se acomoda en un taburete, en esa casa el propietario tiene 12 alzapiés teniendo estampados en sus espaldares cueros de cabras animales y arboles de la zona patillalera donde se acomoda él y las visitas … Hoy ostenta la compañía de tres garrafas llenas de Churro y su familiar cónyuge de su profesa que arribó de manera improvisada por el llamado de su natural allegado de su cónyuge; también se encuentra allí la mujer del dueño de la vivienda quien recibe la orden de guisar un pavo. Las banquetas presentes fueron construidas a base de madera adecuada para asientos y piel de cabrunos de cinco o más años. El legado a buscar la enfermera a la media hora se le había olvidado la diligencia de conseguir una sanitaria transportándola a la parcela para atender el parto de su mujer; era el primero en levantarse a repartir la tragantada etílica donde su cuñado que había adoptado la costumbre de saborear en las horas del día más parte de las noches en forma permanente las atotumadas provocadas por consumir alcohol embriagador…En el rancho del terreno perteneciente al mayor joven que por casualidad visita a su cuñado: a las 7 de la noche, la parturienta comprendió que no llegó el heraldo; él seguía tomando en compañía de su cuñado, hermano de su compañera. A las nueve P.M. empezaron las contracciones anunciando que ese feto no esperaba más en el vientre que lo había consentido 8 meses y días; la mujer de 20 años se llenó de ánimo, atrancó bien la puerta cuando ya había soltado los cinco pérfidos mordientes que trajeron pequeños al tomar la parcela de cincuenta hectáreas cuadradas para que vigilen la casa donde viven sobre todo en las noches. Una mujer joven llamada Maquiabela Pentamento, toma todos los arreos que había adquirido acompañada por su compañero en Valledupar para cuando el parto se hiciera presente; en esos momentos oyó el rugido amenazante del jaguar no muy lejos del cortijo, los gozques emprendieron latido feroz para el sitio de donde vino el gruñido del cimarrón gato llamado ocelote sin embargo tomó la escopeta artesanal que poseía su compañero en la enramada de la casa colocándola a un lado sobre su troja pero antes le introdujo un doble cero, la dama se concentra en su trabajo de parto tirando al olvido el bufido del yaguar, sube a la troja las cosas en destinadas para cuando se presentara el nacimiento del producto llevado en su abdomen durante 8 meses y días; ese lecho fue construido en forma artesanal cuidadosa por su marido teniendo mucha consagración, lo único mecánico que trasfirieron desde Valledupar para su lecho, fue hermoso jergón que soporta una fisgoneada. La inexperta joven mujer en el trabajo de parir se colmó de valor al entender que su hijo no esperaba en el vientre; subió por una artesanal escalera a la palizada[28], que había construido en forma consagrada espontánea su compañero la que poseían como hamaca para la adormilada de ella acompañada de su marido, sacó un juego de 12 pañales de distintos colores, tomó las pinzas para apisonar el ombligo en parte cercana al tierno y el tramo que se une a la placenta, las tijeras su finalidad era interrumpir el ramal de meollo por donde circula sangre más especializada sustancia procesado por el organismo materno para alimentar al producto llevado en el interior del útero cortándolo no siguiendo unido al buscador de la zona atmosférica, asió las ligaduras para hacer un ate por donde el cordón umbilical se introduce al abdomen del recién nacido separando de manera seguida el gurrumino de lo que actuaba como cordón umbilical, también a unos 8 o diez centímetros más arriba, evitando el sangrado que mataría a la madre si fuera copioso o no en forma constante; al salir líquido amniótico por su vagina, Maquiabela Pentamento se colocó los guantes en sus manos, antes de ese hecho sacó sábanas adquiridas para cubrir el colchón ubicado encima de la troja cuando el bebé naciera. Tuvo la decisión acertada de colocar debajo de su cuerpo una sábana nueva; al hijo, ella lo sintió cuando transcurría por el canal del parto hasta que coronó, levantó un poco su cuerpo, encogió separando un corto las piernas comenzando a pujar conduciendo pretensiones de expulsar el bebé a la parte meteorológica; la primeriza en el trabajo de parto comprobó que la región cefálica del roro había realizado contacto con la comarca espacial, ubicó una mano enguantada debajo del bebé cubriendo especialmente la cabeza para que no se golpeara con la madera de la empalizada, repentinamente se acordó que debajo de ella existía un grueso nuevo cabezal; todo lo ejecutaba convencida que su hijo recién surgiendo a la atmósfera terrestre no iba a investir percances; sintió alegría cuando el feto se convirtió en niño acabado de nacer quedando en sus manos. Acarreando cuidado lo acomodó en la troja sobre la almohadilla entre sus piernas; realizó maniobras dirigidas a que él infante respirara lográndolo, luego lo limpia utilizando uno de los nuevos pañales, asió dos pinzas, las colocó una del lado del bebé a unos diez centímetros de la piel del abdomen del infante en su cordón umbilical, la otra, la ubicó a unos cuatro centímetros de la primera, claro, para el lado llegado desde el vientre del bebé, se hizo de las ligaduras como lo aprendió proporcionando demasiada atención en las charlas dictadas a mujeres estando en el Centro de Salud patillalero en sus días próximos a Parir[29] y Alumbrar[30], ligó el cordón umbilical a menos de medio centímetro de la piel del abdomen del nene, observó que esa ligadura del ombligo no se soltaría de forma fácil, lo asimiló claramente durante las orientaciones en el centro de cuidados médicos y de enfermería previendo que un caso inesperado se apareciera; calculó unos diez centímetros más arriba ligando fuertemente el cordón umbilical por encima de la pinza, ese tramo o tripa que forma el ombligo se orienta dirigiéndose a la placenta. Realizadas todas esas operaciones de manera cuidadosa, asió las tijeras, cortando el colgajo del meollo que viene de la paria en medio de las dos pinzas, no dejaba de vigilar los ates. Como pudo, llevó al párvulo a sus pezones, él empezó a lactarse teniendo ansiedad al succionar el pezón izquierdo después el derecho, se atiborró de calostro quedando dormido en condición profunda. Ella coloca al recién nacido en el centro del colchón encima de un lienzo.

La parturienta a la media hora de haber expulsado el infante alumbró la paria no teniendo complicaciones.

Pato, lleno de curiosidad, indaga:

—¿Eso hace mucho tiempo Señor Monra?

—¡No, hace menos de 70 horas, eso está reciente!

El preadolescente Puloy, observando una formalidad fabulosa, afirma e interroga:

—Ese espacio tiene que ser un escándalo ¿Verdad?

—Muchachos, la mayoría de los habitantes del pueblo están en ese terreno haciendo un fiestononón. Hay médicos, enfermeras, más la generalidad de los habitantes de Patillal, hasta a mí me están dando ganas de irme para esa heredad. Antes de continuar con lo que les estoy contando, aclárenme: por qué algunos me están diciendo Melón ¿De dónde sale ese embeleco?

Mengual, sonreído en ese momento contesta:

—Señor Monra, esa palabra quiere decir fruta sana de buen sabor, ayer le dije así en una conversación que teníamos de usted, no era hablando en su contra, pero a esta gente le pareció gracioso y amistoso llamarlo de esa manera, espero que no se maree, eso es chanza, sana.

—A mí me tiene eso 'sin inclusive', como dijo un atanquero tratando de refinarse durante una conversación cuando los vocablos pronunciados no ameritaban estar en esa plática (Carcajeo); les voy a terminar la narración. Me contó una enfermera que estaba en ese sitio: "un galeno reconoció al nene y la mamá, encontrándolos completamente sanos". Así que el festejo ha seguido.

—Debemos irnos para allá para observar la situación de forma directa sin estar atenido a especulaciones de otros–. Comenta, Joché Motorola.

—Lo que pasa es que eso no ocurre en el pueblo, si fuera en Patillal, iríamos en camino a ese lugar. —Uno debe ser cuidadoso en sus decisiones, no puede perder el norte cuando tome una disposición, sobre todo, sí puede peligrar la vida de un hijo y la compañera de familia lo mismo que el trabajo que nos brinda la manutención–. El señor Monra, es percibido por más de 10 adolescentes y Fernandito Mengual, sus seis niñas y su esposa, apalea mucho respeto, lo atento del grupo era unánime, el mozuelo ´Yayo´, uno de los mancebos interesado, le interroga al Jovie Monra:

—¿Se ha presentado problemas con los familiares de la joven que tuvo su niño sola y él consorte de esa muchacha?

—No, atacan es al hermano de la primeriza por retener al lozano marido de la parturienta. Algunos lo ramalean a él papá del gurrumino forma disimulada por seguirles las tontinas a su cuñado. Otros argumentan que por falta de experiencia "cayó ni un borrego degollado en la celada".

Vallenato, emocionado por la leyenda narrada de forma magnifica, concluye:

—Me parece una historia bien argüida, tiene orlas de un cuento de hadas, machacando indicios de fantasía, parece un magistral relato, mágico.

Monra, orgulloso al percibir los párrafos esgrimidos por Vallenato, observando muy cuidadoso el conjunto de vinculados en la narración ese brete, al encontrarlos embelesados certifica:

—Vea, "Yayo y los demás", no es porque sea de esa región "vallenata eminente", de toda esa franja patillalera ha salido, genios: Pintores, compositores, humoristas … humanos sencillos bastante humildes como el compositor Fredy Molina, el Pintor Jaime Molina, podemos nombrar muchos más, Octavio Daza, otro personaje abogado destacado en la composición vallenata …

—Pero señor Monra, cavilo profundo: esa experimentada peripecia que acaba de ocurrir presentándose el nacimiento de ese infante, va a comentarse durante un siglo o corrido ese tiempo, me parece un hecho poco común, nunca había escuchado algo parecido, ese "cuento" de entrada no apalea verdad, pero al avanzar el relato uno queda anonadado–. Farfulle Fernandito Mengual, en un tono poco acostumbrado en él, de seriedad.

—En mi dominio natal, ese tipo de ocurrencias se plasman bastantes continuadas, casi no se conocen porque son muy raras, existiendo pocos medios de comunicación masiva, "allá funciona es radio bemba"–. Comenta él verboso revelando mucha coordinación colmada de paciencia sin "perder de vista a sus auditóriums". "La curiosidad de esos mocerios fue tanta, que todos quedan petrificados después de percibir la narración tan cuidadosa, precisa y atrapante narrada por el Jovie monra", nadie se atrevió a decirle un disparate a la alegoría prorrumpida por señor patillalero en ese paraje detallando visos de leyenda, parloteada por "La Sin Hueso" del afamado don Jovie Monra; la nueva juventud ha aprendido asimilando que son casos que no pueden pasar, solo a una persona poco informada le ocurren episodios parecidos al que se acaba de describir, no se puede tener tanta, inconciencia.

Los reunidos en el sombrear del madero de Acacio, después que el Jovie Monra arranca para su casa, le exploran a Motorola:

—¿Por qué no le dijiste a Monra, que tú nombre o apellido ahora es Motorola?– Precisa Gil, en esa conversa.

Fernando, mira de reojo a Motorola e intercede barbullando:

—Es que después Monra, lo jode por haberse dejado cambiar el apellido.

—Te joderá a ti, por colocarle un pseudónimo a este "pajarraco de golero" considerado una eminencia por él, Jovie Monra y "todo su combo"–. Aprecia Jáner, esbozando una burlona atronadora sonrisita.

En esos momentos ′Yayo′ se adueña del hablar argumentando:

—Olvidémonos un poco de Motorola y su gremio familiar; les narraré un caso que ocurrió ayer, se los notificaré puntualizando cada uno de los aspectos presentados describiendo señales que pueden ser desconocidas para muchos de ustedes: los acontecimientos exhiben bastante fisgoneo, no les va a causar tanta impresión como fábula narrada por la "sin hueso" de don Monra, pero se deja oír… Antes de este día varios amigos por casualidad nos encontrábamos en la esquina de la tienda 'La Flecha Indígena', residíamos en el espacio unos cincos amigos jodiéndonos la vida o tomándonos el 'pelo'…

—Oye, es verdad te dejaron casi calvo–. Narra Jáner en ese momento.

—Deja de interrumpir diciendo cosas baladíes–. Aprecia Puloy prestándole atención a lo que argumentará 'Yayo' ya que él fue autor practicante de ese episodio que empezó a parlotear "La sin hueso" del hijo de Nico.

—… Continúo: Ipso facto muestra su ′horripilante faz′ el hijo de Muchas Cabras, que bien saben ustedes, es un carajo, como de 24 años, expresando:

—"Muchachos, vamos a realizar un Eliprujo[31], ahora mismo …"

—¿Cómo es la vaina? Le inquirí. De Inmediato el alfarache tartajeó:

—"Amigos, el que quiera echar un ′polvo′ barato, va conmigo a un sitio que le diré al que desee ir, le cobrarán al beneficiado tres mil pesos, lo harán con la misma vieja, ella se lavará cuando alguien termina la 'tarea' para el que concurre encuentre todo limpio. Por último, iré yo, me cobrará lo mismo que a ustedes". Lo chistoso de todo esto, es que los escuchas dijimos en coro:

—¡Donde es esa vaina, Vamos de inmediato!

El portador del 'portento' instruye:

—"Faltan cuatro, tenemos que conseguirlos. Otra cosa, no hablar gritando, esto es… cui-da-do-so".

—Yo consigo dos–. Narra un muchacho entusiasmado.

—Ya traigo los restantes–. Dice Puloy mostrando ser amigo del que ´vino a dar el 'Pitazo'.

—"Puloy, traiga dos, nada más son nueve, el décimo es mí, ¡Per-so-na!"

Los muchachos parten, a los pocos minutos aparecen con los restantes. El conocedor de la situación orienta:

—"Les indicaré recomendaciones precisas. Nos iremos por las carreras: Un grupo de 'marranos' parte desde esta área".

—Marrana será tú madre–. Responde un muchacho presente.

—¿Que pasa loco? Esto es una chanza, tranquilízate. Arreglado el impase continúo: En la otra esquina doblan para la izquierda, después de la casa de la saliente del frente encuentran una domicilio media agua[32], que ya tiene una parte construida de un lado, el del oeste, tres se van por la carrera de más allá buscando el oriente, para mejor explicación ese es el lugar por la corrida 14, la suben dos cuadras para el norte, cruzan a la izquierda, bajan una cuadra, cuando arriben a el canto, vuelve y cruzan a la izquierda, la siguiente morada después de la esquina es el punto; los otros cincos, hacen lo mismo, unos arrancan persona por persona, en la orilla que viene doblan para el este; dos o uno se van a la esquina dos cobertizos más arriba buscando el norte; seguido bajan, al lado de un lote que se encuentra en la punta, está la vivienda; una cosa muchachos, van a llegar uno por uno sin despertar sospechas, todo el que va a entrando al 'negocio', en la primera pieza encontrarán una reina llamada Poripurta, a ella le pagan, mantenido penetran al lugar donde se encuentra Nulfi desnuda esperándonos sin acicalado tendida boca arriba en una colchoneta–. Uno de los 'clientes', interroga:

—¿Cuánto es el tiempo de duración?

—Máximo veinte minutos, no hay más. Me voy para ese sitio, uno que me siga lo ejecutaremos mostrando mucho disimulo, que nadie de estos ochos se vaya a echar atrás, me lo papeo cuando vuelva a encontrarlo–. El grupo de chicos, expresan en coro:

—¡Me jode… que te estás creyendo, sardinata! ¡cuidado y te "levantamos a chuzo" a ti, no iniciamos la velada contigo por estar en un sitio público!

Los adolescentes van llegando, con los cuidados advertidos por Cripúsculo. Se pasean, algunos se sientan en lo que será el lobby de esa morada, solo le falta el techo y una elegante puerta a lo que será la sala y el lugar donde prepararán los 'vitamínicos' suministros por la dueña del domicilio la que recibirá los pagos por el beneficio proporcionado, hoy solo posee un improvisado portón de latas y tablón en la puerta de entrada. Poripurta la dueña de la morada, se asoma en esos momentos angustiosos para muchos jóvenes novatos en estos trances, diciendo:

—Que siga el primero, antes de alcanzar el espacio donde se encuentra Nulfi, me deben pagar tres mil pesos. El que no los traiga completos, le daremos una patada por el sieso y lo expulsamos de este "sagrado" sitio, siendo vetado posible golpeado cuando regrese haciéndose el majadero. Así, que el que esté en ese charco, se mira yendo arrepentido por no cargar tres mil cagados pesos en los bolsillos–. Poripurta observa al grupo, uno de los presentes le pide la palabra:

—Porqué tan poco tiempo, veinte minutos, no podrían ser veinticinco…

—¡No joda! Un mocoso avariento por el cu… eso lo decide la que está allá dentro, de acuerdo con tu forma de funcionar y el tamaño de tú penca (Pene).

Entra el primero le paga a Poripurta siguiendo hasta su anhelado objetivo, después de observar detenida al chico Nulfi le manifiesta que se quite toda la ropa, Él lo confecciona, ella le repara los genitales, burlonamente, sostiene:

—Tus porquerías de padres quedaron en deuda contigo y conmigo te hicieron una MONDAQUITA[33]. Vente, eres un muchacho simpático lástima que tengas un vejuco tan precario y delgado.

El joven inicia su función, la dama que se encuentra con él en el "cuento" musita:

—Eche, lo que te falta en ver… lo tienes en cu… estoy excitada, no te bajes, puedes durar lo que, desees…

El primer muchacho demora más de treinta y cinco minutos, cuando sale la protesta fue mayúscula, el arranca como si nada ocurriera.

Poripurta, se asoma indicando que puede seguir el segundo, los compañeros le comentan en voz baja:

¡No hagas como ese carajo 'endiablado' que casi amanece!

El sardino, una vez paga, ingresa donde Nulfi, ella lo hace despojar de su indumentaria corporal, lo examina fijamente, no barbulle palabra alguna, el chico sale a los quince minutos, entrando el tercero, cuando le paga a Poripurta, manifiesta:

—Tengo preocupación, primera vez que voy a realizar esto.

—No seas tonto, algún día tenías que Jo… ¡Entra, respirando profundo, te espera el chu…! No le digas nada de esto a Nulfi, porque te da una, gaznatada y te saca a golpes puros del lugar donde ella está.

Cuando el impúber arriba donde Nulfi viéndola sin acicalado se le desaparece el nerviosismo, su miembro viril está templado, antes que Nulfi emita conversa, ya está desnudo; al contemplar la valentía de su cliente, la mujer, soflama:

—¡No friegues, tú eres un duro! Pueda ser que no seas "polvo de gallo" porque presente ese miembro viril de tamaño exagerado uno se imagina en el goce que tendrá–. Él sonríe, al recordar las palabras que le expresó su tío: "El sexo es de mentalidad, no asustándose, si el hombre no controla la situación sexual participando su pensamiento, terminará siendo un gallo al ejecutar el coito en presencia de una dama perdiendo el cariño de esa dama"–. Llevando esa turbación se trepó sobre el cuerpo de Nulfi, demorando más de cuarenta minutos en su acción sexual. Cuando concluyó su fajina, la dama que estaba en su compañía, lo aplaudió sinceramente, diciéndole:

—Puedes venir cuando quieras, con plata o sin ella–. Los juveniles Van pasando uno por uno completando, nueve. Entra el último, al observar un hombre "hecho y derecho" Nulfi parlotea, precisando:

—¡Eres un HP adulto nojoda! Desnúdate rápido, para ver que traes (El muchacho se quita el atuendo inmediatamente, ella contempla sus genitales exclamando) ¡Eché! ¿Qué crees? ¿Que soy una yegua o una mula?... Nojoda, quien dijo confite de coco después de ver gajos de guineos manzanos tigrillitos, gruesos y largos "ven, uno no puede perder la presencia de una 'tranca' así de estirada y rolliza", pero vas con cuidado … No soy una burra o tus interiores que pueden soportar ese poste de energía bastante estirado y corpulento, sin chistar…

Poripurta, al oír las palabras de su amiga, suelta una estruendosa y burlona carcajada, apuntando:

—Nulfi, ese fue el que armó el grupo de '**infelices**', si no fuera así, no entra.

Pasado veinticinco minutos Nulfi apunta:

—Poripurta, este HP lo selecciono para que esta noche amanezca aquí acompañándome, es un cruel en la acción…

Poripurta en medio de carcajadas apunta:

—Ese es hijo de "Muchas Cabras", si quiera produjo algo servible, aunque sea para el…

Deambulando por los barrios de Valledupar

'Yayo', viviendo una juventud de 22 años ya había terminado su bachillerato en el colegio CIRO PUPO MARTÍNEZ, de la Paz, Cesar, Colombia; este mozo "de familia humilde pero honrada" manifestó siempre la tendencia de ser un preceptor auténtico, orientaba a sus compañeros de estudio en los temas donde poseían dificultades, cuando cursaba el cuarto de bachillerato hoy se le llama noveno grado fundó la escuela "José Celestino Mutis" en el año mil novecientos setenta y cuatro en el barrio San Joaquín de Valledupar, Cesar, Colombia consiguiéndole Licencia de funcionamiento el mismo año de creado el instituido. De director oficiaba el normalista Francisco Rinaldi; la escuela privada que poseía 105 educandos, cada año aumentaba la población de discípulos; en esos momentos de 1974, tenía amistades de integrantes de su partido al cual había ingresado en su Juventud en el año anterior citado, orientado en el colegio Nacional Loperena por el docente Rafael de Jesús Camelo Nova. Ese partido fue el MOIR (Movimiento Obrero Independiente y Revolucionario) Fundado por el intelectual colombiano Francisco Mosquera Sánchez. Todos los sábados, emigraban en compañía de sus amigos del barrio San Joaquín a otros sectores como los Fundadores, el Pupo, los Caciques… Una vez un camarada de él, Lucho Festejo, le comentó a 'Yayo':

—Hoy, "el recorrido" para fiestar, es por el barrio Jorge Dangónd Daza.

—¿Por qué a ese barrio? Nunca hemos llegado a esa zona, piénsalo bien: "más vale malo conocido, que bueno por conocer".

—Te vas a poner 'cómico' ahora ¡Vamos! Es el cumpleaños de una novia de mi tocayo, Lucho Guabino. Eso va a estar bueno, hasta con baile.

—Vamos allá entonces, la semana pasada salimos, pero no bailamos.

—A ti, es hoy que te encuentro exponiendo Faracateos[34] de viejo, no parecen cosas tuyas–. Asevera Lucho Festejo.

—Me cambiaré la ropa, saliendo para donde sea, tu orientas el recorrido hoy, a donde vayas iré también.

—En esta fecha, no andamos mondado de cobres, ya que el dueño del colegio, Camilo Torres, les realizó un abono a los profesores.

—Hay que colocar una raya en un lugar que no se borre, agregándole la fecha, ese señor, Francacho Sin Destino, es raro que pague, le entrega dinero a los docentes que laboran en Colegio Camilo Torres dos veces al año, en cada entrega de dinero le dona a cada profesor que labora en esa institución educativa dos meses de su trabajo como docentes del plantel, el resto del tiempo ejercido desarrollando clases en el año que se los cancele Mandraque, Tarzán o Acuaman, que según expresan muchas personas no existen de carne y hueso; estamos de buenas en este día de francachela–. Promulga 'Yayo'.

Parten para la fiesta en la jurisdicción Jorge Dangónd Daza, deciden no tomar un servicio público para que los conduzca al lugar del ajetreo bailable en Valledupar. Son las 8:30 de la noche, el recorrido fue corto, cruzaron la calle que pasa por delante del cementerio Nuevo ubicado al frente del camposanto se encuentra la institución oficial Seguro Social entidad de Salud que atiende personal independiente y los obreros de muchas empresas colombianas e incluso las estatales, arribando franqueados varios cobertizos al lugar donde se le festeja la conmemoración a Carmen Carrillo en la calle 17A. La gente ha abordado la morada del zapateo situándose en el espacio del homenaje para no estar atajados del terreno donde confeccione el movimiento de los huesos al danzar; todo el que va haciendo presencia al paraje se acomoda donde encuentre una esfera vacía, Lucho Festejo, Horacio Gongorra y 'Yayo' pernoctan en una mesa que por casualidad permanecía sin ser ocupada ubicada en la entrada del frente de la casa corrida así el lado oeste de la puerta, más demoran en sentarse que traerles una botella de whisky sellada el regocijo de los atendidos rápidamente se encabrita en aplausos por los recién llegados, una mesa vecina cuyos integrantes llevaban más de media hora de estar allí, adelantan una desanimada conversación:

—Pero bueno nosotros recibimos tarjeta de invitación, llevamos más de media hora de estar aquí y ni un escupitajo nos han tirado, y eso, tenemos membrete de invitados especiales. En ese instante, pasa Sarita haciendo alarde orgulloso de una maxifalda rosácea que le luce, 'Yayo' al percibir su presencia la llama susurrándole en el oído:

—Sarita, "esa gente que está en esa mesa ubicada al lado de nosotros, está renegando porque tienen más de media hora de haber llegado y nadie se ha preocupado por atenderlos".

La advertida entra a la casa donde se celebra el onomástico, antes de tres minutos aparece con un servicio para los que no habían sido tenidos en cuenta. Uno de los integrantes del grupo que no habían disfrutado en la fiesta se levanta dándole las gracias a ´Yayo´ el joven apaleando sencillez les comenta:

—Hay mucho personal, los anfitriones a veces se enmarañan.

La celebración del aniversario de Carmen Carrillo continúa, ´Yayo´ no ha dejado de contemplar a una joven que, sentada en la sala, los parejos no la han sacado a bailar, en un momento que la joven lo contempla le hace señas de bailar con ella, la manceba mueve la cabeza en forma afirmativa el joven se coloca sobre los órganos que lucen los zapatos bruñidos sacándola a bailar. En medio del zapateo originan una plática al momento que ´Yayo´ le indaga la dirección de su hogar, ella le responde:

—Vivo en el barrio los Caciques conglomerado que pega al andurrial Los Fundadores, pero es muy fácil conseguir la ubicación de mi domicilio, está estampado en todo el frente del parque triangular que queda en el sector, para mejor señal en el vergel hay un colegio, la vivienda mía se acomoda diagonal al portón de ese centro de enseñanzas–. ´Yayo´, ubica el parque en su mente, expresando:

—Ya sé dónde es tú hogar, frente a esa casa existe un campito donde los muchachos juegan, fútbol.

—Eso no queda lejos de aquí, a la esquina donde llega el triángulo del parque, diagonal está Casa Loma, que es muy conocida. Eso es de la señora Polonia Ciruela.

—¡Oye, esa tiene que ser la dama que tenía una tienda en el Mercadito del Cañahuate, estoy casi seguro de que ella es la mujer! ¡Ahí donde se encontraba el mercadito, que le llaman ahora Parque del Viajero porque posee un monumento que representa a un viejo de viaje portando un morral!

—Tú si conoces personas. Has sostenido de manera segura que quizás Polonia Ciruela, era la mujer que poseía una tienda en el mercadito, vamos a concretar lo que tú crees. El marido de ella se llama Orlando Orfeo.

—Es "la misma que viste y calza", a no ser que sea un homónimo de mujer y marido, eso sí, sería un acertijo bastante difícil. Si mi memoria no me falla, al hijo mayor de ese señor y esa dama, le dicen Orfeito.

—Así lo llaman–. Responde Carmen.

—Ahora ´si torció la puerca el rabo´, son los mismos, ese muchacho cuando estaba allá aún no caminaba, por qué si también es homónimo me va a tocar cambiar la posición de las fosas nasales, cuando esté de pies, las dos aberturas de la nariz permanezcan para arriba y se llenaran de agua cuando llueva.

—Ja, Ja, ja… tú sí eres desplantoso, dices cosas incongruentes, ja…

—Vamos a la coqueta, para que te conozcas con mis amigos.

Se hacen presentes en la mesa, ´Yayo´ exhibe la amiga a sus compañeros, ellos la acogen cordialmente, la recién arribada se acomoda en un taburete de cuero de chivo que le brindan, pero cuando observa a su amigo sin sentarse entra a la morada del festejo yendo a la luna regresa transportando un sofá del patio del hogar donde ocurre la celebración del onomástico, sus acompañantes se sorprenden al verla llegar conduciendo en sus manos el armatoste, impresionado Lucho Festejo, pregunta:

—¿Tienes confianza en esta casa?

—La dueña de esta residencia es mi tía, se llama Dilia, pero le dicen Payo.

Horacio Gongorra, le interroga a la amiga traída por su compañero:

—¿Tu eres familia de, Carmen Carrillo?

—Sí, soy prima y de Ovadis hermana de padre y madre.

—Estamos en familia no tenemos de que preocuparnos–. Afirma 'Yayo', complacido.

—Esta fiesta se encuentra atiborrada de invitados y no invitados–. Manifiesta, Horacio Gongorra.

—No señales a los no invitados porque nos sacan a patadas o escobazos de este magnánimo sitio–. Musita Luis Festejo en forma guasona. La carcajada fue unánime, la joven traída por 'Yayo' en medio de risas, afirma:

—No se preocupen, yo los defiendo si es necesario–. 'Yayo´, en forma Ocurrente, barbulle:

—Yo también los defiendo, no voy a dejar echar a mis amigos de andanzas–. Luis Festejo sorprendido le comunica a uno de sus acompañantes:

—Oye, Horacio ¿Este loro pelado y buchón que se está creyendo? ¡Qué es el amo y señor del festejo! Lo invito porque se residía más aburrido que un "mico melero" amarrado en la luna de una casa, ahora, resulta ser dueño de la conmemoración ¡Este mundo es un disparate!

Carmen, en forma radiante afirma:

—Cuando veníamos para acá, me agarró de la mano yendo en mi compañía a la cocina, al llegar a ese sitio, balbuceó:

—En el momento que estén repartiendo la comida, no se olviden de la mesa que se ubica en la entrada de la puerta de la calle.

—¿Tú qué piensas de eso?– Interroga Horacio Gongorra.

—Que es un amigo que no se olvida de "sus contertulios"; eso lo juzgo fastuoso. Así debe ser cuando posea una novia–. Luis Festejo, con cara de angelito travieso continúa la conversa —Mi amigo va a ser un buen chico con su primera novia.

Todos largan una estruendosa algazara, indivisos presentes miran para donde ocurre la hilaridad, los emisores de aquel bullicio están incólumes simulando no haber ocasionado el guirigay para que se creyese que ese relajo no se ha emitido en la mesa donde ellos hacen presencia. En esos momentos toca al lugar de las mesas ubicadas al frente de la terraza donde pernoctan Carmen Carrillo junto con Ovadis Daza, todos los presentes en ese sitio exceptuando a Carmen, se levantan felicitando a la recién llegada por su onomástico; Carmen Carrillo llena de alegría les agradece, arribando a los mostradores donde hay personal, les va dando a cada uno la mano derecha acompañada de las gracias por la concurrencia a ese festejo, los asistentes la ovacionan van aplaudiendo cariñosamente deseándole que cumpla 'miles' de años más algunos manifiesta: Eso sí no envejezca; la congratulada acarreando mucho regocijo parte para el lugar íntimo de la residencia donde mora al lado de Ovadis Daza Mendoza y Sarita Carrillo Mendoza ambas sus familiares.

En aquel aglutinado de voluntades el galanteo para Carmen Carrillo es admirable, Horacio Gongorra, con prudencia, aclama:

—Sí los amores de estos muchachos se materializan, ´Yayo´, tendrá su primera novia lo que acogeré con regocijo y admiración celebrándolo, haciendo una fiesta trayendo un conjunto Vallenato para que anime él festejo.

—¿De dónde saca ese ardid?–Pregunta, Carmen hermana de Ovadis.

—Lo dice por sospechas–. Comenta Lucho Festejo, con pillería en su faz.

—No estén anunciando supuestos, eso no es así como lo expresan. Ella y yo, tenemos una simple amistad, solo eso, una concisa amistad, nos acabamos de conocer, por lo tanto...

—Pero los vi besándose–. Canta Horacio Gongorra.

Carmen, sin dar malicias, manifiesta:

—Los amigos se pueden dar un beso de simpatía, eso no lo penalicen.

El homenaje sigue hasta la madrugada, los invitados y venidos se van yendo a sus hogares, solo quedan los más allegados a la cumplimentada entre ellos Carmen Daza Mendoza y 'Yayo', también Ovadis Daza hermana de ella como era de esperarse; concurre en ese sitio, Lucho Guabino, está la presencia del Gordo, pululan en esa casa Diez amigas de Carmen Carrillo con coadjutores hombres, concurren alegrando el festejo auxiliares de enfermería trabajadoras del Hospital Rosario Pumarejo de López de Valledupar, capital del departamento del Cesar, en la República de Colombia; no en valde Carmen Carrillo y Ovadis la hermana de Carmen Daza Mendoza trabajan en esa entidad.

El nuevo amanecer es eminente para que el "Astro Rey" pueda cumplir su finalidad que consiste en otorgar luminosidad a todo en el dominio de planetas que conforman su sistema solar trayendo el día a Suramérica. Los invitados, toman dirección a sus casas, 'Yayo', con sus compañeros, Lucho Festejo y Horacio Gongorra, acompañan a llevar a su aliada hasta su mansión, al llegar frente a la vivienda la madre de la señorita los llama, preguntándoles:

—¿Ustedes estaban en la fiesta de 'Mami' o sea de Carmen Carrillo?– 'Yayo', en forma solícita masculle:

—Sí, doña, estábamos ahí.

—¿Cómo estuvo eso?

—Espectacular, hace tiempo, no asistía a una fiesta tan especial–. Contesta Horacio Gongorra.

—Mami, se lo merece, ella es muy especial–. La señora matrona de Carmen mostrando orgullo los invita a entrar, es ´Yayo´ el que murmura:

—Qué vergüenza, darle impertinencias a esta hora–. La madre De Carmen lo repara detallando su talante, luego emite enunciados arguyendo:

—Porque va a sentir pena, lo agradable para mí fue que acompañaron a la hija, eso tiene mucho valor, casi nadie hoy día ejecuta un quehacer así, son pocos los que acompañan a una dama hasta su casa sin faltarle el respeto–. Es 'Yayo', quien responde:

—No podíamos dejar venir a la hermana de Ovadis sola, ella y Mami son muy especiales, aunque no se dieron cuenta cuando salió la hermana; nosotros vimos cuando partió, la alcanzamos con la finalidad de traerla, ella no quería, pero la convencimos: "aquí está sana y salva".

—Quien toma café tinto–. Todos unánimemente, murmuran:

—¡Los tres!

La anfitriona, musita:

—Ya está hecho, desde las cuatro a.m., madrugo todos los días a hervir el café tinto.

Lucho Festejo, al escuchar estas palabras, Apunta:

—Me da la idea que usted es una persona muy trabajadora, ningún ser humano que no esté acostumbrado al trabajo cocina café tinto en la madrugada.

53

—Todos los días lo ejecuto desde las cuatro a.m., cuando los muchachos se levantan ya el tinto está frío; eso hizo que les comprara un termo.

Horacio Gongorra, de inmediato tartamudea:

—Eso me recuerda a mi mamá, ella madruga a cocinar el tinto.

—Generalmente, los viejos lo hacemos, eso lo aprende uno desde muy pequeño. Cuando somos mayores lo forjamos perfectamente.

En esa conversación estaban..., cuando aparece Carmen Carrillo, Ovadis, Lucho Guabino y el Gordo. Es Ovadis, la que entra primero a la casa de su mamá murmurando:

—¡Carmen, porqué te vienes sin decirle a uno que partes para acá, nos has hecho pasar el miedo más grande de la vida, de suerte estás aquí!

—Emprendí para acá sola, a la media cuadra me alcanzaron estos tres 'vigilantes', acepté que me acompañaran, no les iba a tener miedo ya durante la noche hicimos una buena amistad.

Carmen Carrillo, en medio de la alegría, comenta:

—Claro, ellos son buena gente, los conocemos muy bien pero como no nos dimos cuenta con quien o quienes habías salido, venimos a ver si estabas en casa hablándole sanamente a Pacha.

La visita de su hija, su sobrina, Lucho Guabino, le pareció buena a la matrona "está bien que se preocupe Ovadis por su hermana, Carmen Carrillo, por su prima, la presencia de Lucho Guabino me pareció perfecta, pero no me cayó bien fue la llegada del "Gordo", ese "alfarache" ¿Qué llegó a buscar a esta casa de personas serias? No le salí con groserías, por la presencia de los que llegaron acompañando mi hija Carmen y Lucho Guabino, si ellos no hubiesen estado presentes, a la "tanqueta" le hubiera ido mal "hablando mi lengua", hoy hubiese sido el día de ese "fanfarrón".

Matrimonio

La amistad del amigo de Carmen, 'Yayo' más ella se extendió hasta lo que menos se creía, salían todas las tardes a pasear, 'Yayo' en las noches la iba a buscar al colegio Nocturno Cámara Junior, donde ella hacía cuarto de bachillerato (Hoy Noveno Grado), se profundizó tanto esa amistad que terminó en amores; sábados, domingos o cualquier día de la semana se citaban; esos encuentros son tan frecuentes que Carmen salió embarazada, pero nadie en su casa lo sospechó, se fajaba, él muchacho le proponía decirle a su madre, la chica respetaba tanto a su matrona que no aceptó temiendo por la reacción de su mamá, no encontraba de la manera más certera de resolver la situación embarazosa; un momento, empezó a sentir malestar abdominal procedió a contarle a su madre, le dijo que ese embarazo era de 'Yayo' el muchacho que andaba con ella. Lo fueron a buscar, él se había rasurado la cabeza porque accidentalmente le había caído pintura de muros en la inteligencia matizando la casa donde vive Aldo Guabino con Cilia Pispireta, por lo que le hurgó escindiendo la badana cabelluda. Con el cabello de la cabeza esquilada, afrontó la cita, la madre de Carmen le manifestó al recién, llegado:

—Hiciste tú diablura ¿Ahora cómo responderás?

—No tengo plata, si hay que casarse, lo hago.

La madre de la implicada en este trance sin ningún titubeo, balbuceó:

—Si es así, busque el registro civil esto debe ser hoy mismo. Pero lo principal, es la cédula y la partida de bautismo; mejor dicho, aportando la partida de bautismo y la cédula, basta.

'Yayo' en un arranque de sinceridad, manifiesta:

—Mi partida de bautismo no es de aquí.

—Sí no es de acá, la vamos a buscar–. Contesta la Madre de Carmen.

—¿De dónde es?–Pregunta, Carmen Carrillo.

'Yayo', respira profundo, contestando:

—Mi partida de bautismo y mi registro civil son de Santa Marta; la cédula, si la saqué aquí en Valledupar–. La madre de Carmen, a quien llaman Pacha, murmura:

—Por eso no hay problemas, podemos ir a buscarla a esa ciudad–. 'Yayo´, muy pródigo, comenta:

—Les soy franco, en estos momentos, no tengo plata para ese viaje, tendrían que esperar unos cinco días qué la consiga.

—No, vamos mañana aporto para el viaje–. Responde la señora Pacha.

—Qué quede claro, no me estoy negando a responder lo que pasa es que, en estos momentos, no poseo el dinero requerido para ese viaje, ustedes comprenderán–. La Joven Ovadis, sostiene:

—¡Bueno, el viaje se realiza mañana!

—Para que sea rápido el matrimonio, lo haremos en San Juan del Cesar, el padre es mi amigo–. Concluye doña Pacha. El joven, 'Yayo', narra:

—Lo ejecutaremos de la manera que usted plantea, doña, viajaremos a mi tierra, para buscar esos documentos que me faltan.

—No se diga más, mañana viajan temprano a San Juan del Cesar, de ahí, parten para Santa Marta, por Riohacha, la capital de la Guajira–. Comenta Carmen Carrillo.

El día del viaje se hizo presente, la señora Pacha se levantó, se introduce al rociado del baño, sale alistándose para el desplazamiento a la capital del departamento del Magdalena llegando antes a San Juan del Cesar, son las siete a.m., sale del baño, observando que 'Yayo' ha llegado, se sorprende del suceso expresando:

—Usted es puntual por lo que estoy comprobando–. Comenta la señora Pacha–. El recién arribado, responde:

—Cuando uno hace un compromiso, colocando una cita, hay que arribar en forma estricta ¿No le parece lógico?– La madre de Carmen lo contempla fijamente lanzando un, veredicto:

—Eso es verdad, cuando uno adquiere una deuda, la debe pagar, tiene que cumplir lo antes posible, el que recibe el pago dice: "Este joven es correcto".

—Esa apreciación está bien, no lo he hecho para impresionarla, ese es mi estilo … Llegar preciso a las citas, sobre todo, cuando hay deber por delante ¿Nos iremos por Riohacha?

—De San Juan a Santa Marta, es más cerca por la capital del departamento de la Guajira, Riohacha, Colombia.

—Nos iremos por esa ciudad ¿Cuántas horas nos echaremos por ese cruce?

—Unas cuatro horas, claro saliendo de San Juan creo no estar equivocada–. Responde la mamá de Carmen. El Joven "Yayo", contempla el ambiente, reseñando:

—La ciudad de San Juan, Guajira, no es extraña para mí.

—¿Por qué razón?

—Mi bisabuela era de allá.

—¿Quién era?

—Nicolasa Alvarado Daza.

—Entonces tiene sangre Guajira, por eso su cumplimiento. Eso no se pierde, se lleva en la conciencia.

—Mi bisabuelo era todo un churro, tenía el pelo como una ardilla.

—¿Era rubio?

—Sí, señora, bastante rubio, parecía un Vikingo.

—¿De dónde era él?

—De Villanueva, Guajira, Colombia.

—¿Cómo se llamaba?

—Manuel Salvador Contreras Pizarro, ese era su designación en la vida.

—Donde vivió él en compañía de Nicolasa.

—En Villanueva, Guajira, Colombia.

—Me comunicaste, que tú abuelo materno era de Villanueva, por lo tanto, el papá de su mamá es hijo del señor que acabas de describir ('Yayo' asiente con la cabeza). El mundo es pequeño; comentándome tu origen, veo que la gente se aleja y regresa a su comienzo por medio de sus parientes.

—Sí, pero mi abuelo Manuel José Contreras Alvarado, a quién llamaban con el seudónimo de Cheche, llegó muy pequeño a Valledupar, ya lo habían bautizado era un villanuevero criado en medio de los vallenatos. Cuando él alcanzó a Valledupar, tenía cuatro o cinco años–. Comenta 'Yayo'.

—Qué bueno, oír personas conversar de sus abuelos en forma apasionada como lo expresas tú; la gente de ahora a veces no saben ni el origen de sus padres, se ha perdido preocupación por el origen de la prole, es una lástima.

Después de ese diálogo se lían los bártulos dirigiéndose rumbo a San Juan, Guajira, Colombia. Siendo las nueve y diez minutos, parten:

Pacha, Carmen acompañadas de 'Yayo', a los 50 minutos, menos de una hora: arriban a esa ciudad colombiana perteneciente al departamento de la Guajira, llamada San Juan; el carro donde viajaron al arribar a San Juan del Cesar Guajira se desplaza siendo un automóvil de servicio público hasta la casa de Salomón Mindiola (QEPD); esa vivienda es hermosa portando un tornasol blanco, la conforman varios cuartos portando una sala equipada en forma cuidadosa. En ese espacio privado los recibe una joven mujer llamada Luchi, acompañada de su matrona, una vez sentados los visitantes la sala se atesta concurriendo varios muchachos y muchachas hijos y familiares del señor Salomón Mindiola; Carmen en compañía de 'Yayo' logrados estaban ubicados en poltronas donde se sentaron despreocupados, los futuros esposos no tenían porqué que estar irritados, iba a ocurrir lo que ellos deseaban vivir juntos sin ningún impedimento; dialogaron antes comprometiéndose a tener hijos, los que educarían con cariño emocionados ungidos padre y madre apropiados. A la mañana siguiente, 10 de enero, Pacha acompañada por Carmen y 'Yayo' empiezan a "liar el ato" desplazándose a Riohacha, luego toman el carreteable que los conducirá hasta Santa Marta peregrinando en un bus interdepartamental una hora por la autopista comunica estas dos ciudades capitales departamentales colombianas; entran a la ciudad que tiene un Rodadero, sitio donde harán antesala "una y otra vez" los turistas de Colombia igual cometido ejecutaran visitantes de otras naciones, "para contemplar bailar carcajeando las olas del Mar Caribe cuando arriban a los litorales marítimos samarios", al examinar esta deidad natural la gente va extasiándose cuando visualiza la entrante que ha labrado el mar empleando sus olas construyendo la bahía haciendo presencia admirado al frente el cerro llamado El Morro adentro del océano; este montículo se convirtió en testigo silente de la construcción marina de la bahía y de pretéritas batallas militares en el transcurrir histórico de la Patria Cafetera, luchando por desalojar en tiempos caducados a los invasores españoles, en ese sacudón patriótico triunfó nuestra amada Nación. Pero hoy la gente del pueblo colombiano tiene otra lucha fiera soterrada contra el imperialismo norteamericano, la gente del pueblo colombiano se opone a esta verdad inocultable pero la mayoría de la oligarquía terratenientes no quieren reconocer este hecho histórico. Ese famoso cerro apodado

El Morro que vive riendo sin descansar contemplando las ansiosas visitas de peregrinos nativos y foráneos habitantes de otras naciones que vacacionan en Santa Marta, acuden llevando ojos avizores cobijando sus sentidos paralizando sus organismos al extasiarse contemplando la manifestación de la deidad del punto, complementadas al observar diversos esparcimientos acuáticos costeros o la gustosa entrega llevando satisfacción al derramar sus aguas al lecho marino como lo labraba el Arroyo Manzanares en esta área lo mismo que afluentes con escaso líquido acuático o vastos afluentes en todo el globo terráqueo, de esta forma lo ejecuta el torrente Amazonas cuando arrima a Brasil, de la misma manera lo alcanza el río Magdalena en Bocas de Cenizas en la hermosa ciudad de Barranquilla. Los viajantes desde Valledupar hacen presencia donde vive la familia de 'Yayo' que se encuentra integrada por: María, una tía del que se argolla, la señora Octavia, su abuela paterna, Claudia y Yina, dos descendientes de María, que son las primas hermanas de 'Yayo'; María es hermana de su padre. Al arribar, Adonde la familia del que se casa, la abuela y la tía le brindan un efusivo recibimiento, se conocen inmediatamente con la señora Pacha, el trato es de consideración, 'Yayo', les manifiesta:

—Me caso, vengo a buscar la partida de bautismo, si no estoy equivocado, mi bautizo fue en la iglesia San Francisco de Asís, en el año 1953.

Su pariente María que desde muy joven guarda suscripto cuanto tema se relaciona con la familia en un librillo constituyente de su bitácora el que posee desde temprana edad, arguye:

—Esos datos los tengo en mi cuadernillo, ahora te los busco para que consigas la partida lo antes posible o muy rápido.

—Todavía guarda esas reseñas, usted si es metódica, mis tíos acudirán a usted con frecuencia.

—No te imaginas las afugias que paso cuando mis hermanos acuden pidiéndome un dato referente a sus hijos para solucionar cualquier problema que a ellos se les presente referentes a sus documentos, a veces vienen bravos conmigo, disque porque me voy a demorar buscándoles las reseñas personales de cada hijo. ¡Parecen viejos de siglos pretéritos! Por eso les 'mamo gallo' algunas veces son descarados, profesan en su mente que mi persona es su archivo. Por eso a propósito les difiero la consecución de la trama, cuando se la entrego, manifiestan 'Muchas gracias' y se van enseguida han olvidado a propósito que esta es su residencia original ¡Aprovechados de los demás!

—Ha sido ingenioso de parte suya poseer esa actitud, debemos obsequiarle un reconocimiento en vez de emplazarla con exigencias de "mico amarrado en el patio de una vivienda", los humanos a veces no piensan creen que las otras personas deben convertirse en sus servirles por obligación.

—Si quiera tú reconoces eso, otras personas no hacen lo mismo, creen que soy la esclava de ellos. Piensan que debo permanecer disponibles a toda hora para sus caprichos.

—Tía, pienso que no debe recapacitar de esa manera, ellos en el fondo saben que usted desempeña un gran papel dedicándose a guardar la historia de cada familiar cercano, su persona es dedicada, no le da pereza anotar. Por eso ellos acuden de manera inequívoca a su persona, no crea que ellos se equivocan acudiendo a usted–. 'Yayo' piensa en el pasado... de repente expresa:

—¡Ahora descubro algo determinante en mí modo de actuar! El gusto mío de escribir cosas no fue recogido del albur o del hado, son aprendizajes maquinales.

—¿Qué has descubierto en tu pensamiento, 'Yayito', dime qué acabas de notar en tu prodigiosa mente?

—Apreciada e inigualable tía. Lo que voy a señalar de pronto a usted le parezca ridículo. Con razón, me gusta narrar escribiendo, a veces se narra platicando o ejecutando señas; por eso voy hechizando las cosas, desarrollándolas en la, escritura.

—¿Explícate, 'Yayito', dime bien palmario lo que acabas de confesar?

—Tía, cuando estaba niño, escuchaba estacionando aportándole mucha atención a las 'historias fantásticas' que narraba mi abuelo 'Cheche', en los Mayales, un pedazo de tierra que él tenía compartida con su hermano Manuel Fabián, de más de 30 hectáreas; escuchaba poniendo mucha atención la narración del "Pájaro que Canta" fábula que después ubiqué en el libro de cuentos 'Las Mil y una Noche', observé aquí en Santa Marta, que usted todo lo anotaba en una bitácora, involuntariamente, eso quedó en mi conciencia, todos esos hechos fundamentales me marcaron, esa representación inconsciente quedó manifiesto en la manera de relatar historias, por eso el gusto de narrar e inventar cosas anotándolas en forma general en una bitácora.

María, orgullosa de lo que decía 'Yayo', auscultó:

—¿Por qué crees eso, no pudo haber sido de otra forma, por ejemplo, los estudios que has adelantado?

—Los saberes que, he ejecutado en la enseñanza primaria, todo el bachillerato, en las tres Universidades donde adelanté mis ilustraciones superiores y las vivencias de la vida ayudó a solidificar lo que traía guardado en lo más recóndito de mi conciencia, lo demás, son las enseñanzas que, en forma furtiva, me trasmitió mi abuelo Cheche en Valledupar, lo mismo usted, en Santa Marta.

—Me da satisfacción que pienses de esa forma.

—Uno debe reconocer los hechos que han influido en la conciencia.

'Yayo' cavila lejos, revive los episodios disfrutados en compañía de su abuelo en Valledupar y su pariente cercana en Santa Marta, su familiar lo espanta del 'abandono' momentáneo, argumentándole:

—¿Por qué has quedado maravillado cómo si observaras algo fantástico o un espanto?

—Llegó a mi recuerdo muchos de los hechos ocurridos hace años al lado suyo y en compañía de mi abuelo, Cheche.

—Que hermoso, siempre traes al ahora esos, episodios.

—No solo esos, muchos de los que franqueé al lado de Nico, mi madre.

—Entonces… tienes mucho qué contar, eso fue una encantadora leyenda; me he ido enterando de las afujías que pasaron cuando tu papá se casó con una dibullera; ella es una buena mujer, el inseguro es el padre tuyo ¿Cómo se le ocurrió hacer una vaina así? No se puede arreglar nada ahora, eso queda en la "conciencia de él", un hijo criado fuera del lado su padre por las inconstancias de este señor, afortunadamente, ha sido un gran hombre transformado en colaborador social.

—Hablemos de cosas más acertadas, no desprecio ni a mí padre ni a mis hermanos que son catorce del lado de papá y una del lado de Nico; los hijos de Adaulfo Eduardo, el viejo, no son culpables de situaciones acaecidas antes de ellos nacer; por eso, me siento un hombre afortunado ya que me relaciono de buena forma con mis parientes, mi vivir no se ha desviado para las cosas incorrectas … Tía, le haré una pregunta …

—¿Qué deseas saber?

—Del terminal de transporte, como queda cerca de acá, la señora Pacha y mi persona nos trasladamos caminando, a la vuelta, unos hombres jóvenes estaban apostados en muros de la casa por donde pasábamos aquí a la rotación, como a veinte metros de ahí, estaban unos niños acompañados de preadolescentes los que 'nos querían tragar mirándonos en forma compulsiva'.

—¡Muchacho te escapaste! Esos son los Cárdenas, que se enfrentan en una pelea a muerte a los Valdeblanques. Te encuentras vivo de sorpresa porque con esa motilada cabeza campaneada te das un aire a él al tal Quico Valdeblanques. No demoran en estar por ahí preguntando quién eres.

'Yayo', se casa, tiene un hogar donde existen dos hijos, los educa: Stalin y Jorge Eliecer Galvis Daza. Ellos son profesionales correctos y rendidores al ejercer su profesión. Vuelve de visita a la morada de su abuela comprensiva, entabla la conversación con su pariente hermana de su prístino padre, había ocurrido el himeneo, visita a sus tíos paternos con su familia, esa aparición trayendo sus 2 frutos y señora demora una semana, en conversación estando presente su descendiente, su natural fervorosa, investiga:

—¿Oye, 'Yayito', como es la relación con tus hijos y tu esposa?

—Pienso que está 'dentro de lo normal', una dama dedicada a su casa que atiende a los hijos, aunque es licenciada en Educación Básica Primaria, no ha sido nombrada, por conveniencia ella se ocupa dedicándose a su hogar, cuando puede labora en colegios privados, le dije que para esos pagos pírricos, mejor atienda la casa, le dedica su tiempo a lo suyo en vez de regalarle su alternativa a un extraño ... Pariente, le comentaré algo, siempre he odiado que me digan 'Yayito', pero como lo pronuncia usted, me parece un encanto, siento que sale de lo profundo de su conciencia, no crea que lo digo por lambonería[24], juzgo que es una amabilidad de parte suya.

—Gústele o no, siempre te diré 'Yayito', tienes el mismo nombre de tu progenitor, por lo tanto, eres el menor, para no confundirnos en familia contigo se debe utilizar el diminutivo eso es así de sencillo.

No me vayas a decir que te "batirás contra el piso, te estaparás y me hechas las culpas en la fiscalía", ya me han contado ese chiste tuyo, no me causarás sorpresas, ja, ja…

—Bueno, cuando oiga decir 'Yayito', entonando su voz, lo aceptaré de forma inequívoca; hablando de otro tema ¿Cómo van en el colegio mis primas, hermanas?

—Académicamente, ellas van bien, en eso no tengo inconvenientes, pero son muy 'amigueras', eso me mortifica, es lo único que no les patrocino, ya que quieren vivir de "visita en visita" donde las amigas, eso se puede prestar para muchas pendejadas no quiero tener ese tipo de problemas.

—En ese caso, no me meteré, cada padre tiene su forma de adestrar a sus herederos, pero a veces mucho control es pernicioso, la juventud moderna tiene sus propias convicciones… A mi abuela, como le ha caído la ancianitud[35].

—Sabes cómo es tu abuela, no es grosera, todo lo analiza, en fin, con ella no tengo problemas.

—Da alegría escuchar esas palabras del comportamiento de la abuela.

El diálogo se extiende, comentan muchos episodios pretéritos, la conversación se desarrolla utilizando bastante lapso, 'Yayo' casi no opina, su tía, comenta la mayoría de los hechos ocurridos ante sus ojos, no son tragedias, tiene incumbencia en la forma de dar ejecución a sus comentarios dialogando en la presencia de extraños, sus familiares lo mismo en encuentros sociales. El joven sobrino observa a la familiar mientras en su instinto concibe: "Mi pariente es un baluarte en el seno de la familia, sus conocimientos incluidos los comentarios son precisos a la hora de hablar". La relación de Pacha y la familia de 'Yayo', es óptima, narran cosas familiares analizando mutuamente los hechos destacados en momentos peliagudos o seductores; llega la hora de soñar, buscan sus camastros, los visitantes son acomodados en las camas que usaban los hijos de la abuela de ′Yayo′, cuando vivían en casa de su matrona, amanece, llegan las ocho de la mañana, la señora pacha y su acompañante, lían los bártulos para buscar la partida de bautismo de ′Yayo′ en la iglesia San Francisco de Asís. Regresan a las nueve y media de la mañana, anunciando que partirán, no pueden tardar muchos días en Santa Marta, capital del Magdalena, "en otra oportunidad los visitamos teniendo menos premuras"; los visitantes parten de la ciudad existente más antigua de Colombia, pasan por Riohacha, arribando a San Juan del Cesar, Guajira, Colombia. Al contemplar los que han arribado desde Santamarta, Luchi, ausculta:

—¿Consiguieron la partida de bautismo?

Yayo creyéndose prevenido, participa:

—Afortunadamente, sí, eso fue rápido. No hubo inconvenientes.

—Entonces, el matrimonio se realiza ¿Cuándo?

—Ahora la fecha se fijará entre nosotros y el diácono Ríos; al final de cuentas él tiene la potestad de fijar el día de esa ocurrencia de esta entre Galvis más la hija mía–. Manifiesta Pacha sin inmutarse. Luchi, conocedora de las acciones del clérigo en estos casos, les atesta su pensamiento expresando en este diálogo:

—Ahora que se reúnan con él, les realiza unas interrogaciones, posterior a lo ante dicho les emite recomendaciones casándolos, estoy casi segura de que mañana o pasado mañana es el suceso.

El trance sobreviene cumpliéndose lo previsto por la hija de Salomón Mindiola, Luchi, en los días antecedentes al matrimonio, 'Yayo', entabla relaciones de amistad, con los hijos del jefe de ese hogar, Panerra ... A el yerno de Pacha lo conducen a visitar a la señora Macha, entabló conversación al frente ella, la anciana inició diálogo ejecutándole una pregunta al futuro esposo de Carmen: —Entonces ¿Usted y la descendiente de mi sobrina Rita Eloisa son los que se enlazan?

El advertido escuchó poseyendo mucha atención a las palabras emitidas por la centenaria tía de su futura esposa, se encogió, en la butaca donde se localizaba calmoso, agitó todo su corporación, en presencia del hermano mayor de la niña Lola, a quien le dicen Homo, un joven de unos 15 años, también plantaba su cuerpo en ese sitio, Elvira, madre de Homo y Lola apaleando mucho acercamiento a una niña cuyo mote es Reina siendo también retoño menor de Elvira, se puede deducir que esa inocente no supera las 8 primaveras; constaban Pacha, los hijos de Salomón Mindiola: Estela, Rafita, de la extensión de la descendencia de la niña Reina, además congregaban en el sitio familiares arribados a conocer posiblemente el nuevo miembro de la familia, mostraban sus entidades ciertos indiscretos o chisgarabís de lodazales de pocilga formadas por gorrinos "batidores de la sin hueso", ante la apariencia de todas esas almas y el Culebro otro hijo de Elvira, el joven oriundo de Santa Marta, desarrollado cultural y corporal en Valledupar, Cesar, Colombia responde:

—Si señora, soy el que se vincula a su extensa y curtida familia.

Macha, llena de orgullo, por la respuesta del samario, mueve su lengua mientras ilustra:

—Ajustada a mi expectativa su alocución. Entendida su demonstración, le diré algunas cosas: se va a entroncar con una familia trabajadora, honrada y firme en sus decisiones; lo importante es que lo conozcan los hombres y mujeres de esta caterva de personas, para que ninguno se vaya a equivocar al encontrase en su presencia. Le preguntaré ¿Va a tener hijos o no, sí los trae al mundo como piensa criarlos y educarlos?

—Mire, tía Macha ¿Me permite llamarla así?

—Pero como no ¡Usted ya es mi sobrino! Se casa con una hija de Pacha, matrona querida sobrina mía.

—Pienso tener dos o tres niños con Carmen, los criaremos con la orientación de la humildad y la seriedad, serán unos profesionales cumplidores de su deber; no laboro en la actualidad, pero desde mi llegada a Valledupar, buscaré trabajo, creo que no es difícil conseguirlo.

—Perdone que le realice esta pregunta ¿Usted qué sabe hacer?

—Soy normalista, estudio en la universidad, Enfermería.

—Qué bueno, se defiende con la educación y la salud, usted saldrá adelante, eso no lo dude, se va a embarcar bien mi sobrina, usted tiene claro lo que quiere, lo aplaudo, cla, cla…

A la señora Macha le pareció un agraciado joven para uniese a su sobrina, por ese motivo le instruyó a su pariente:

—Pacha, te toca orientarlos como si este varón fuera tu hijo, él es poco lo que tiene que aprender, la hija tuya, debe poseer la propiedad de mostrarle aprecio y respeto ayudándolo en lo que pueda. De esta liga … saldrá una buena familia, se acordarán de mí porque lo seguro es que, para aquel momento, no estaré viva.– 'Yayo' Se levanta abrazando fuertemente a Macha, vocalizándole, teniendo voz inequívoca encaminada a la mayor:

—Vieja, usted es una sabia para orientar a gente bisoña en estos aspectos, como nosotros, que iniciaremos una ardua reyerta para edificar nuestra estabilidad. Pero … La lucha comienza, tenemos que enfrentarla replantando arrojo en busca del bienestar social para nuestros futuros hijos, estoy seguro de que las dificultades las venceremos a nuestro favor, solo de esa forma nuestra familia tendrá un buen lugar en la sociedad.

—Júrelo, eso será como lo acaba de plantear, ustedes van dispuestos a cumplirlo, el destino se los pondrá en sus manos.

La reunión con la señora Macha, hizo salir fortificada a la pareja conformada por dos jóvenes sin experiencia, pero van dispuestos a vencer las dificultades que encuentren en el desenvolvimiento social, sobre todo, el muchacho, sabe que se argumentan muchos espejismos vivientes en la parte más inhóspita de un desierto de esta unión, pero ellos 'están al corriente' ya, lo que les toca es enfrentar en este universo las incongruencias que se esbozan de ellos, donde 'existe lleva y trae' que parece no los tocó la evolución de los humanos. Con esa alternativa se disponen a casarse, no para complacer a la familia de Carmen, es para armar una sólida unión construyendo una sana fortificada familia, nadie los detendrá en sus objetivos, piensan que sus futuros hijos serán profesionales rendidores, esas ganas deben tener toda pareja que se acople en el andar social de un duplo, no tiene otro camino, unirse como un todo humano.

Cuando se confecciona el primer encuentro en presencia del capellán Ríos, se aclaran las cosas: La primera pregunta del Presbítero fue:

—¿"Por qué se casan ustedes"?– 'Yayo', sin titubeos, respondió:

—Porque deseamos hacerlo para estar juntos, no anhelamos que haya impedimentos para residir unidos, además, consolidaremos una familia.

—¿Ustedes saben lo que acaba de expresar el amigo que se casa?

La dama, que había estado a la expectativa, expone:

—Vamos a constituir una familia, de eso estamos seguros.

—Has respondido algo clave, formar una estirpe ¿Conocen qué implicaciones tiene constituir una casta? Respóndame usted, 'Yayo'.

—Pienso que es unirnos espiritual y maritalmente, tendremos hijos, los que nos toca cuidar y educar, no solo en la escuela, en lo social es importante para los primogénitos desenvolviéndose ellos forjándoles complacencia a los demás con sus trabajos después de realizar un pacto ya sea verbal o rubricado.

—Están imbuidos en el tema, para qué hacerles estas enseñanzas, ustedes manejan este fondo, creo que por lo escuchado a la perfección–. El presbítero contempla fijamente a 'Yayo', investigándole:

—¿Usted qué hace?

El hombre prevenido, en forma inmediata, barbulle:

—Soy normalista, aún no tengo nombramiento, pero lo buscaré con denuedo sobre todo ahora que tengo compromiso conyugal–. El abate, sorprendido con la respuesta de su entrevistado, murmura:

—Donde lo piensa buscar, eso no es muy fácil–. El lozano, se queda meditabundo, luego, barbota:

—Voy a buscar los contactos para qué me nombren, lucharé para que sea en Valledupar.

Con ese comentario terminado por 'Yayo', el diácono contesta:

—Pero estoy viendo un futuro padre bastante hábil para la conversación, por lo visto, tendrán buen provecho en esta unión. Con todo lo oído, creo que los caso mañana catorce de enero, hablaré con Pacha, para que se prepare ¡El matrimonio, se hace mañana, hemos terminado!

Concluida la corta conferencia con los comprometidos, el cura párroco de San Juan, Guajira, Colombia, le indica señalando a través del dedo índice a la madre de Carmen que se aproxime a donde ellos se encuentran, al acudir la suegra materna del que se une con la caracolicera, le diserta que el matrimonio se realizará el día siguiente, puede avisarles a los padrinos y a prole para que se preparen. La suegra de 'Yayo' lleva la buena nueva a sus allegados en forma inmediata. Arriba la siguiente jornada, los que van a juntarse en matrimonio madrugan, a las nueve del venido plazo, 14 de enero de 1980 se enlazan esos nuevos esposos. A la llegada al sitio de hospedaje, en la casa de Salomón Mindiola, los esperaban mostrando varias Botellas de Güisqui Old Par; demoran unas dos horas celebrando el nacimiento de una nueva familia. Pacha, la suegra de 'Yayo' viaja ese mismo día del matrimonio con los casados. El señor Salomón Mindiola le comunica a la suegra que él y sus hijos los llevan; arrancan para la ciudad "FUNDADA EL 6 DE ENERO DE 1550 DÍA DE LOS REYES MAGOS", arriban a la casa de la familiar de la nueva esposa, a una hija de la suegra no le gustó el suceso que formó la reciente familia, manifestó que ese "hombre lo que quería era adueñarse de la casa de su mamá", pero que equivocada estaba esa joven, ese no era el pensamiento de su cuñado. Lo destacado, era que todo familiar, vecinos y amigos llegaban a la residencia de la señora Pacha e iban conociendo al esposo de Carmen, en las horas de la noche, arriba una hermana de la mamá de la recién casada, a quien le dicen Joche, conoce al que ella motejó como el "cabeza rambada36", cuando se despide, parte acompañada de su esposo, Numa, él en la travesía a su casa todo atarantado le pregunta a su mujer:

—¿El garabato, cabeza de totumo es el esposo de Carmencita?

—¡Ese que viste ahí, ni familia tiene ese diablo!

—Este tipo, con esa cabeza pelada… mínimo … mínimo … debe ser ratero o matón. Que se puede esperar de una persona usufructuaria de ese motilado, lo que digo, si me toca, se lo canto a él en cualquier parte; no es de un hombre serio motilarse de esa manera. Eso lo practica un vicioso camaján ¿Carmen a ese cabeza de piedra liza qué le vería? La verdad es que las mujeres de esta época no saben escoger sus enamorados … Tu hermana se encontró "de familia un toro moruno", que le pelaron la lucidez por alambrero[37] Ja, ja, ja… No tenía ganas de reír desde que contemplé ese sujeto, me pareció un "pollo" mondo en un aniversario de pueblo, no pensé en más nada al observarlo, ja, ja, ja... Ese mico teniendo ese espíritu que le observé le va a tocar a Pacha es alimentarlos para que no mueran de física inanición y agotamiento, ja, ja, ja...

Numa llega pensativo sin pronunciar soflama acompañado de su esposa a su domicilio. De casualidad, observó que se aproxima a su vivienda un concuñado suyo, consorte de Sara, hermana de Pacha, así como de Joche, su esposa. Cuando lo figura cerca de él, le manifiesta el saludo de esta forma:

—Compadre ¿cuándo vino del pueblo? Espero que esté bien ¡Me acabo de llevar la sorpresa de la vida, se casó Carmen, la hija de Pacha!

—¿Cuándo fue eso? Hasta ahora me entero. Hay que ir a conocer el esposo de Carmen, es el nuevo constituyente de esta calaña.

—Le recomiendo, que mejor no lo haga; ese 'cabeza de coco bien descascarado', viéndolo, uno se figura lo peor, no vaya, porque terminará lo mismo que yo, frustrado.

—Compadre, en ocasiones uno se equivoca con esa gente, por el motilado no se puede calificar a nadie.

—Verdad, de pronto me equivoco con ese muchacho, puede taparme la boca en el futuro.

—Vea compadre, casos se han visto, a veces, los que uno cree que sirven, no valen ni para 'taco de escopeta', son unas porquerías de hombres, los que uno considera malignos, le dan bofetadas a la gente y sus habladurías, en nuestro pueblo existen muchos de esos acontecimientos, no alcanzan los glóbulos rojos de la sangre del cuerpo para contar esos trances.

—Quizás, mañana usted llegue, me cuenta cuando lo vea. No se vaya sin visitar la casa de Pacha, oyó.

—Claro, compadre, eso haré.

Tata toma dirección de su casa plantada en la cuadra siguiente a la residencia de su compadre en la calle 16C, al llegar a la morada ubicada en la corredera 16C entre las carreras 20 y 21 piensa en lo que narró su concuñado y compadre decidiendo aproximarse donde la familiar de la cuñada y de su consorte; concurre a la vivienda de la cognada de su compañera sentimental observando y saludando a 'Yayo' a quien le comenta: —soy compañero sentimental de una tía de su señora, mi mujer es hermana de la mamá de su esposa; el muchacho recatado, bastante serenado le dice su nombre al recién llegado, él también pronuncia el suyo, luego se aprietan las manos mostrando rectitud y cortesía, se sientan uno al lado del otro, empezando el visitante a entablar plática con el cónyuge de la hermana de Ovadis Daza Mendoza, el recién enlazado cónyuge de la hija descendiente de los caracoliceros, le confiesa que: "Aunque se en matrimonió limpio, trabajará como un camello, para superar eso". El visitante lo contempla auscultándole todo su talante... Después de observar al yerno de su cuñada termina expresándole:

—Usted, tiene buenas intenciones, me dijo que no estaba trabajando, eso es lo de menos como aseveró cuando habló de esta unión, hay que buscar esa ocupación que le ayudará a solventar la falencia de dinero, la gran mayoría de los hogares del mundo, empiezan en cero; hay que buscar el trabajo; dígame la verdad ¿Usted que sabe hacer?:

—Soy normalista, o sea, dicto clases.

—Pero, usted tiene el trabajo cerca, hay que buscar una palanca.

—Ya la tengo creo que está conseguida.

– ¿Quién es ese genio?

—Le contaré desenvolviendo todo el ovillo para que me entienda: "Un tío, hermano de mi mamá, administra una hacienda que tiene más de 2.000 mil novillos de engorde, se encuentra situada a dos leguas de Aguas Blancas un corregimiento de Valledupar, capital del departamento del Cesar, Colombia, el dueño de esa hacienda es Secretario de Gobierno Del departamento del Cesar, mañana madrugado iré a esa finca a dialogar ante mi pariente, para que le envíe una nota a su patrón donde le solicite que me ayude a nombrar; yo mismo se la llevo, espero que eso sea positivo".

El guajiro mueve la cabeza hacia adelante, mascullando:

—¿Ese familiar, es zalamero con usted?

—Nos criamos juntos, tenemos relación de amistad desde niños, es más apaleamos la misma edad, el nació el 5 de diciembre de 1953 y yo arribé a este mundo el tres de noviembre de ese mismo año.

—Está casi seguro ese nombramiento para educador, teniendo esa garantía ¿Por qué no lo hizo antes?

—Mire, no había pensado en eso porque vivía del hotel mamá 'ese sí es bueno, barato y puntual' pero ahora, apaleando necesidad urgente no puedo despreciar ese nombramiento, iré en busca de mi vinculación al magisterio.

—Yo, le deseo suerte y "le comunicaré algo aquí entre los dos, no valla a decirle nada a ningún familiar de su mujer, después todo ese aquelarre me reclama con ganas de golpearme"; los familiares de su esposa andan despotricando de usted sin conocerlo. Argumentan que es un 'pobre diablo limpio', parece es un mariguanero o matón, aseguran que es un vividor.

El joven recién casado se queda pensando lejos, luego, responde:

—Eso es chisme, no se les presta atención a mal decires; quedarán sorprendidos al contemplar la casa que le construiré a mí mujer, en nuestra residencia los veré visitándonos con mucha complacencia, como si nunca hubiesen despotricado de nosotros. Porque al hablar de mí están ofendiendo a Carmen, eso es así de sencillo.

—Me encuentro complacido oyendo su modo de pensar, haga lo que acaba de expresar, no escuchar las maldiciones que hagan los chisgarabises que hay en la familia de su mujer cuando armen su fogón moviendo la "sin hueso" despiadada al despotricar y enlodar a los inocentes que caigan en las garras de sus lenguas pérfidas. Le diré algo que pocas veces expreso: es difícil conseguir un joven que argumente las cosas como lo ejecuta usted.

—Gracias por su conclusión acertada, panegirista y seria. El primero allegado a Carmen que emite una consumación de amistad.

Relación con otros familiares

Carmen llega donde familiares que ella sabe no han calumniado a su apreciado esposo relacionándolos de hecho con su marido, en esta ocasión, lo lleva donde un tío materno presentándolo a su familia; allí, su esposo le entabla amistad sincera virtuosa a la señora Elsa Fragoso, una dama del Totumo, Guajira, Colombia que conforma una familia estable conquistada por el pariente de Carmen la hija de Pacha, el patrono de ese hogar lleva estampado en su cédula una imagen de su rostro y el mote de Melquiades Mindiola, tío de Carmen porque él también es tío de la mamá de ella. La señora de

Melquiades comienza coloquio con 'Yayo', lo primero que comunica la dama es el porqué de su estadía permanente en la ciudad Reina de las melodías de acordeón en el departamento del Cesar: Puya, merengue, paseo y son. "Narra que una guerra entre dos familias del terruño de su marido los hizo salir del caserío a espantada higienizada más asustados que "morrocoyo corriendo en una selva espesa" porque ha notado la presencia de humanos".

—Este acto no planificado lo forjamos, por redimir de ese enfrentamiento demencial a nuestros 'agnados' inocentes menores de edad–. Afirma Elsa Fragoso. Después de un profundo exhalo perpetúa su coloquio:

—En esa guerra, puede morir cualquiera, no importa la hora, el día, el mes o el año porque esa matazón se arma en cualquier relámpago, es una imborrable zozobra que se padece en Caracolí Sabanas de Manuela; Los Mendoza, viven en el pueblo, los Maestre se ubicaron en Barranquilla y otras ciudades de Colombia. Es preocupante, ya que los Maestres, atacaron un carro de la vía ocasionando varios muertos inocentes, gente que nada tiene que ver con esa arremetida sangrienta entre humanos despistados.

—¿Por qué se inició ese intercambio peligroso de balín?– Interroga 'Yayo'.

Doña Elsa, toma una oxigenación de talento profundo, está a la mira de su interlocutor, respondiendo:

—Ese pleito se inició por una discusión pendeja, en una fiesta, el resultado de esa bronca, un muerto allegado a los Mendoza, ellos en venganza al siguiente día asesinaron a un Maestre, iniciándose el asesinato de Maestre, Mendoza o viceversa y mucha gente que no se encuentran emparentados a esos trúhanes, pero se convirtieron en sus esbirros, varios lo hicieron por ignorancia, se engreían cuando se veían armados, pensaban que todo el mundo los miraría con respeto y circunspección. Van más de 20 asesinados en una guerra estéril que no lleva a nada benéfico para los habitantes magníficos de este candoroso villorrio que son la gran mayoría. Eso ha sido tan terrorífico, que hasta las mamás se mataron.

—Pienso, en estos momentos, que ustedes deben tener 'mucha rebeldía' ya que les tocó desertar de la población donde permanecieron los recuerdos más felices de su existencia propia de vivir en paz cada uno de vosotros, por eso no habían programado nunca 'renunciar lo de ustedes dejándolo en las astas del toro' para que lo levante a cornadas desmigajándolo, pero me parece inteligente que por resguardar sus descendencias sanguíneas, debieron proyectar una salida inteligente, tengo la seguridad incrustada en el cerebro que esa partida de ustedes en medio de la tristeza y el agobio fue lo correcto. Los felicito, una escapatoria acertada y clarividente arrebujada de gloria sinceras son mis felicitaciones–. confiesa, 'Yayo' en aquel coloquio familiar y amigable.

—Mi inigualable compañero cavila que ejecutamos quizás una ligereza perjudicial para la prole, pero siempre le asevero: La salvación de nuestros hijos pequeños, fue lo mejor que adelantamos, esos ingenuos inocentes, mientras vivan, lo agradecerán.

—Señor Mindiola, su mujer está en lo cierto, alejar los hijos inocentes de un tropelín[38] que no era de ustedes, fue lo más, diestro apropiado.

Carmen, continúa relacionando a 'Yayo' con su familia, al esposo de la caracolicera le parece un encuentro fantástico entrar en conversación con sus parientes nuevos personajes de la familia de su compañera, en el proceso de trabar plática con ellos, termina concluyendo:

—"El paraje de tu chiribitil debe ser un espacio angelical", he captado de forma concienzuda precisa que todo personaje de allí que he auscultado noto que hace referencias de alabanzas a ese lugar parecidas a las formalizadas por los compatriotas de otros territorios nacionales que incursionan a ese pueblo. A penas pueda, cuando no haya óbices que "atenten contra mi integridad corporal", viajaré hasta allí para recorrer tranquilo contemplando en aquel lugar presuntuoso sus hermosas deidades naturales y relacionarme con sus habitantes de manera amistosa y sincera.

No en vano, los profesionales nacidos allí trabajan en otras comarcas cuando se les presenta la oportunidad vuelven a su derivación, que agradecidos son. Las fiestas Patronales del pueblo se efectúan el dos de febrero, los nacidos en este caserío, gente de todas partes del mundo, van a esas celebraciones concurriendo en masa a la procesión de la Virgen la Candelaria que recorre el pueblo en esa fecha al lado de originarios y visitantes. Una vez, parrandeando en compañía de Melquiades (Melquiadito) Mindiola Guerra, hijo de Melquiades Mindiola, por este hecho, a él le decían Melquiadito, tuvimos la ocurrencia de programar una ida a Caracolí Sabanas de Manuela, nos fuimos al día siguiente de la categorización, Melquiadito el esposo de Marina Martínez, expresaba:

—Ya no existe peligro, los guerreros se fueron todos, se encuentran refugiados lejos de nuestro pueblo Caracolí Sabanas de Manuela, no creo que vayan a asaltar el carro por la senda del corregimiento por ese trayecto, el de malas suerte eres tú 'Yayo', sí ocurre eso, en mala hora vino mi prima a enlazar con usted, un aparecido de "mala medra que ha resultado ser todo un fantoche" que siempre anda con los bolsillos desplatados.

—¡Ja, ja, ja… agradezca que su prima se enamoró de un hombre fino y arrojado! —Responde 'Yayo', en esa conversa de peleles.

Melquiadito inmediatamente, manifiesta:

—Fino, muy refinado por los trópicos que ha vivido en su escabrosa vida, "arrojado practicando gustoso revisar bolsillos de personas conocidas o anónimas; a mis paisanos los prevengo hoy circulen vigilantes de sus faltriqueras para que estén protegidos porque una figura metódica, silenciosa y randa no los vaya a limpiar" inclusive caminando la procesión: La randa no perdona santos ni a nadie, hoy tengan cuidados protegiendo los bolsillos.

—¡No seas güeva (Huevón)! Mejor viajemos a ese caserío. No responderé tus monadas que son parecidas a las demostraciones de un simio bastante cimarrón ¿Quieres mejor consumación de esta tertulia?

Melquiadito, fragua una trastada a sus paisanos expresando calumnias de su amigo y compañero de andanzas:

—No les presten atención a las palabras fofas pronunciadas por este aparecido de mala muerte–. Asevera Melquiadito esa vez.

—¿Acaso existen buenas muertes?–. Pregunta 'Yayo' pero nadie responde

El viaje se efectúa, van en esa expedición: Melquiadito, Wilson Mindiola y Aramis Mindiola, hijos de Melquiades el papá de Melquiadito, de la misma manera, los acompañan ", Gustavito, 'Yayo' y Toca, cuñado del cónyuge de Carmen. Al arribar a Caracolí, las fiestas patronales en honor a la virgen de la Candelaria se están celebrando, asistiendo la muchedumbre alegre y folclórica. Por todo esto, unos retornaban a su terruño de visita ya que partieron a distintos lares regresando de paso después de 15 o más años de haberse ausentado; la afluencia de personas oriundas de este terruño es pronunciada en el pueblo en esa ocasión, la mayoría son personas que, aunque nativos de Caracolí Sabanas de Manuela desde muy niños partieron ahora han regresado, algunos de sus amigos de niñez los reconocen, al contemplarlos les narran:

—Ve Francancio, tú te bautizaste y registraste en otro pueblo ahora ¿Qué buscas aquí?

—Este ñeque roba yuca se le olvidó que soy un caracolicero donde me encuentre. Fui registrado en San Juan del Cesar Guajira donde también lo hicieron tus familiares a su persona llamado Repompiño en acto reprochable ya que sujetos como tú no merecen ser de Caracolí Sabanas de Manuela, corregimiento de Sanjuan, Guajira, Colombia. Son alimañas escondidas niegan que son de este villorrio cuando pisan otros lugares habitados por humanos.

—Desafortunadamente registrándote a ti que abandonando su terruño apareces ahora como un fantasma, hay que averiguar cuál es el propósito no creo que sea bueno–. Asevera Repompiño en ese momento.

Los amigos se acercan uno al otro se abrazan efusivamente en medio de sonrisas cómplices de sus haraganeadas, después de recordar muchas pilatunas de niños adquieren Churro, lo que no es imposible obtener ya que en el caserío lo ocasionan, brindando por el reencuentro, llenos de sincera satisfacción articulan párrafos adonde recuerdan muchas travesuras creadas en sus edades mozas ... En eso sale la virgen de la iglesia cargada por sus parroquianos, el recién llegado acompañado por su 'llave' siguen la procesión por todo el pueblo, pero sin dejar de consumir 'ñeque' (Churro) elaborado en él medio.

El día de Melquiadito concurrir rondado de sus acompañantes a la aldea, se forjaban riñas de gallos, pero no había Jueces para las riñas de los fatuos matones, Miguel Guerra, exclamó:

—'Yayo' y mi persona, Jueciamos[39], por eso no se preocupen.

Las riñas de gallos inician, los jueces actúan acompañados de gallardía y probidad, los galleros estaban conformes con los jueces, durante todo el día se desarrollaron las riñas de fuertes emplumados, todo transcurrió tranquilo, no había la necesidad de recurrir a situaciones bochornosas de pleitos nimios, deben convivir pacíficamente, las reyertas y parricidios son del pasado, para qué revivir esas cuitas, los que las practicaban se fueron lejos de estas tierras donde vive gente sana alejados de problemas con otras personas.

En un brote de regocijo, Aramis Mindiola, exclama:

—¡Este sitio ha vuelto a existir en el universo!

Wilson Mindiola, observa a su hermano como mira 'gato a perro', diciendo:

—O sea, Caracolí Sabanas de Manuela ¿No se encontraba en el globo terráqueo?

—Lo habían desaparecido los 'leviatanes'.

'Yayo', mira a sus amigos, acotando:

—Mucha atención pubescencia. Den gracias que los 'zánganos' maléficos se largaron para otras graderías y nidos en los cuales ellos creen que les van a facilitar establecer actos donde la vida de los humanos carece de valor.

—Eso está bien, eran gallos de pelea brava, se desplumaban unos a los otros y le hacían cerrar el pico a distintos 'animales' que dejaban de cantar o caminar por las montañas que rodean este carismático paraje–. Asevera Melquiadito emitiendo fuerte carcajada.

La estadía en caracolí ha servido para que, 'Yayo', acabe de conocer familiares y apegos de la casta de su mujer, los nuevos conocidos del "Jardín Celestial", a él compañero de la hija de Pacha, le parece qué son personas sanas tirando a inocentes, vegetan despreocupados, no han aprendido la perniciosa malicia citadina, no son encopetados ni tampoco buscan la oportunidad de sacar ventajas sociales de ninguna especie, individuos sinceros por donde se les mire y traten: Aventajados para cultivar yuca, plátanos, maíz, ñame, malanga y muchos otros comestibles de 'pan coger' consumidos por ellos, su prosapia y la sociedad. Primeramente, 'Yayo', se presenta a los que no conoce, tiene una forma muy franca de exhibirse, lo práctica de la siguiente, forma:

—Mi nombre es 'Yayo', no sé si sea de Santa Marta o de Valledupar, Nací y fui registrado en la capital del Magdalena, ese parto, fue en el hospital San Juan de Dios lugar que hoy es un museo de la capital del Magdalena, queda frente a la bahía, de esa sublime ciudad; pero a la edad de un año, mi madre, Nicolasa María Contreras Pontón, me trajo para la Capital de la Música de acordeón, allí me levanté, hice todos mis estudios: primaria, secundaria, dos carreras y una especialización, por eso no he dado para ubicarme territorialmente. Al final he concluido que ambas ciudades tienen que ver en mi formación como persona; ahora, me complace conocerlos a ustedes todo no es gloria, tampoco penuria, la cosa va entreverada.

—Haga el favor de decirnos ¿Qué hace usted, mejor dicho, cual es el trabajo suyo?– Cachaco, hijo de Queque realiza esta, pregunta.

El interrogado no se preocupa por la interpelación, desde que arribó a, Caracolí Sabanas de Manuela la esperaba, por eso tranquilamente en presencia de un elevado número de caracoliceros, responde:

—Me desempeño como educador, trabajo en el corregimiento de Mariangola, educo niños y preadolescentes.

—¡La gente inculta si habla pendejadas!– Narra Cachaco, sorprendido.

'Yayo', calmado, inquiere:

—Esa frase acabada de comunicar ¿Por qué la pronunció así llevando inquina?

—De usted se dice muchas incidencias y me he dado cuenta de que son 'blasfemias'.

—No le prestemos importancias a esas vainas, no son de mis cuidados, ya tengo la mente y la piel preparadas para casos así.

—Es que les causan sorpresas a los escuchas, comparar lo que usted sostiene lleno de gallardía, oír lo soflamado por chisgarabís maleducados, es una maldición para quienes las aseveran, ahora sí estoy enojado de muchos de mis paisanos ¡No se debe especular tanta Mentira!

—Amigo, no se debe malinterpretar los dislates que acomodados lanzan los que les encanta ver disgustar a los evolucionados que se encuentran cerca de ellos; mejor cambiemos de conversación, no hablemos de esto, 'borrar de la memoria para siempre', nada vamos a conseguir prendiendo iras sin tener como descargarlas. "Lo único que puedo hacer, es batirme contra el piso, pegándole, usando la motola[40] a una piedra grande, estaparme la cabeza y endilgarles a ustedes la culpa en la fiscalía" por no impedir que me golpeara pegándole a esa substancia contundente usando la superiora.

—Entonces por favor no haga esa vaina, porque nos compromete–. Expresa Cachaco emitiendo una carcajada despampanante.

La relación entre 'Yayo' y los caracoliceros es espectacular, la familiaridad de estas personas no tiene nada que ver con los cotillas o chisgarabís de mala laya apostados en todos los rincones de la tierra. De verdad, 'Yayo' queda sorprendido por la acogida de hermano que le brindan los coterráneos de su querida pareja; los dimes y diretes acerca de él se aclaran, todo pasa al olvido poseyendo esa relación de contentamiento surgida en la visita a la derivación de su "mitad" para la vida.

El dos de febrero, a las cuatro de la tarde, en el baptisterio del pueblo, donde se bautizan los niños nacidos en este vecindario caracolicero comprendido por la zona labrada y veredas contiguas al conjunto de moradas se efectúan los bautizos; esta es una acción beata ejercitada por los católicos para iniciar los niños en la fe de cristo. El preludio del recorrido que ejercerá la procesión trasladando la efigie imponente de la Virgen de la Candelaria inicia; los fervorosos de esta Santa siguen el cortejo por las polvorientas calles de la población, los creyentes narran las 'bienaventuranzas realizadas por esta fenomenal figura a pobladores de la zona', el pago a esos hechos los sufraga cada persona de la región asistiendo todos los anuarios a 'esta acción de devota' que se efectúa en los anales que van sucediendo, el día dos del segunda mensualidad del año. Es mostrable el advenimiento de nativos de Caracolí Sabanas de Manuela, 'explicando la divinidad efectiva de esta virgen a los visitantes de otros territorios nacionales e 'internacionales'. Haciendo otras referencias "el poblado ha incubado destacados intérpretes de la música" especialmente de acordeón, no se puede dejarse de nombrar a ese mago acordeonero conocido como Nicolas 'Colacho' Mendoza, segundo Rey del FESTIVAL DE LA LEYENDA VALLENATA y ejecutor de un sin número de CD. Poseyendo esta visión del pueblo que visitó 'Yayo' por vez primera se devuelve trascurridos cinco días en ese villorrio acompañado de sus colegas y compañeros de viaje a ese, 'Paraíso' viajando en un bus de una de las empresas que ejecutan viajes transportando pasajeros de un departamento a otro, en ese vehículo se escucha la afirmación de uno de los individuos que se transportan en el carroza:

—Pero no entiendo por qué le ensalzan a esa efigie de concreto que vive en Caracolí Sabanas de Manuela muchos milagros como si ella fuera un Dios, para creer esos comentarios que argumentan caracoliceros tengo que observar esos prodigios o me tocará tragarme todas las cordilleras que se levantan próximas a mi pueblo, eso no lo ejecuto porque no andaré votando barro por... Expresa un coterráneo de Caracolí que hace años partió muy niño.

—Son creencias que tiene la gente del pueblo creo que deben ser respetadas, con ese modo de pensar no le hacen mal a nadie–. Contesta otro señor que viaja en el mismo bus.

—También es verdad: Cada loco con su tema–. Responde el que inicia el diálogo.

Yayo aprovecha la ocasión emitiendo este lenguaje:

—Realizaré un comentario. He quedado sorprendido, de esa aldea.– Manifiesta el que por primera ocasión se unta de Caracolí Sabanas de Manuela.

—¿Qué té sorprendió de nuestro, tabuco?– Interroga Melquiadito.

—Me ha sorprendido varias entidades, que no se compara con nada que haya visto en mi vida.

—¿Cuáles son esos entes que lo sorprendieron a usted?– Interroga Wilson Mindiola Fragoso, en ese dialogo viajando desde San Juan a Valledupar.

—Me dejó sorprendido el calor y acogida de la gente de esa feligresía, su cortesía, finura, delicadeza, una amabilidad sobresaliente, ustedes, caracoliceros, creo que son irrepetibles en medio de cualquier humanidad.– Sigue comentando 'Yayo'–. Aramis Mindiola Fragoso, observa al participante del comentario, perpetrando la siguiente, consulta:

—Bueno, 'Yayo', ha alabado a los caracoliceros, me parece un acierto, pero además de eso ¿Qué otro aspecto físico ha notado o destacado en nuestro terruño?– El interrogado en forma mediata, manifiesta:

—Observé la runa majestuosa de las montañas que están hacia el norte ¡Que imponencia de esas serranías! Parecen que exhibiesen vida y 'estuvieran pensando'. Pero lo que verdaderamente me causó impresión fue el transcurrir 'coquetas y alegres', por su canal natural en su desplazamiento socarrón y lleno de satisfacción en su transitar por el área 'ejecutando figuras' agraciadas y luego aportando la humedad que se encuentra llenando hasta el gollete la Represa que fue construida para amainar la necesidad de agua en la mayoría de los municipios guajiros: Estoy haciendo referencias a las diáfanas aguas del riachuelo Ranchería. Esos bastiones de humedades diáfanas y portando en sus entrañas un sabor agradable al ser engullidas por los humanos se contemplan en escasos puntos de la tierra, solo he visto dos regatos muy parecidos: es río Guatapurí en Valledupar, riachuelo Badillo en la Vega un corregimiento de Valledupar.– Los amigos de 'Yayo', lo miran con curiosidad, es Melquiadito el que interpela:

—¿Eso qué dices de nuestro terruño es autenticidad?

—Estaría cometiendo un hierro bastante pronunciado por el equívoco, si sostengo esas reales afirmaciones sin ser una categórica realidad, lo que pasa es que ustedes como nacieron en ese sitio no analizan formalizando un análisis certero acerca del feudo o lugar donde los concibieron y germinaron vosotros, los visitantes de este pueblo observan todo menos las pertenencias benéficas insertadas en el aspecto físico del lugar donde nació cada uno de ustedes, por lo que escucho, son desagradecidos con el sitio de origen.

—No diserte las cosas así de esa manera insultante, nosotros amamos nuestro pueblo y sus alrededores, lo que pasa es que a veces nos equivocamos en la manera de comunicar los aspectos referentes a nuestra tierra. - Manifiesta Wilson Mindiola Fragoso, en ese intercambio de ideas viajando para Valledupar.

Las gallerías y galleras

El sitio donde se ubica la gallería de los Mucurumbos, es en las casas de Andrés Y Eusebio Gómez, el local de Andrés se planta en la calle 17A entre carreras 20 y 21 tres casas antes de acceder a la corrida 21 del lado donde van las casas cuya numeración termina en alguarismos pares; en esa gallería es donde, 'Yayo', la mayoría de las veces va a ver corretear los machos provocadores que el cuidador de animales baladrones emplumados de peleas prepara dándoles correteos y otros cuidados para que estén con las 'botas puestas' fraguando un combate feroz, sin perder la fuerza de sus patas venciendo en las riñas a otros gallos. Andrés Gómez, desde el lunes hasta el viernes prepara los fuertes bípedos emplumados para que durante las riñas realicen un combate sanguinario, pegando con sus espuelas en el cuerpo del gallo que sostiene pleito enfrentándose a él; eso no quiere significar que sábados y domingos no los atiende porque saca sus espacios para tratar los pollos cuidados. Esas riñas atroces se llevan a cabo en el 'Club Gallístico Miguel Yanet', los sábados y domingos o en las fechas de Concentración Gallísticas y en los días del Festival Vallenato; las datas jueves las riñas las fragua la Gallera del señor Liñán, que la generalidad de sus convocados le emplazan "La Gallerita" porque no posee el espacio y la comodidad del club gallístico de Valledupar, ubicada media cuadra antes de acceder al Mercado Central de Valledupar; a ese sitio, asiste en forma seguida los galleros del pueblo, aunque también concurren los Galleros de casta brava como Checho, el doctor Navarro, los cuidadores de gallos destacados: Julio Daza, Armando 'Navarro', y muchos Galleros, Puñalito (QEPD), que tienen las riñas entre estos animales, como una diversión sana y social.

Un Gallo de pelea, en su preparación se tiene en cuenta su peso, la resistencia, ferocidad, como tira, si lo hace con fuerza, repela suave, coge las plumas del pecho del gallo opositor dando un repelo casi que mortal cuando pica, otras veces atrapa usando su pináculo la cabeza del ala, repela sin picar el cuerpo del gallo oponente o es "mamón"[41]; existen unas manifestaciones de un gallo casta fina al batallar consideradas como positivas y otras son negativas, presumido que tiene mañas raras, no es tenido en cuenta para luchar en los clubes gallísticos, porque, la mayoría de las veces, es pendenciero que abochorna sus instructores con la derrota inclemente.

Melquiadito Mindiola Guerra, un maestro de albañilería constructor de viviendas Prestante en la gallera es aficionado al bravucón en los ruedos y en la ciudad o pueblo donde él se encuentre, asiste a la gallera "Miguel Yanet" en la compañía de Rodrigo Cárdenas, Mane González, 'Yayo', Rigoberto de Armas, aficionados a los gallos que no cuidan fanfarrones peleadores y a veces enrasan un petulante colocándole a ese animal una gallina de reconocido renombre por originar agresivos magníficos peleadores, eso da por sentado que les gusta las riñas de esos animales debido a este deleite apuestan dinero sin atender 'alabanciosos'. Van a las gallerías a enterarse de cuales animales llevan el fin de semana al club Gallístico 'Miguel Yaneth' o los jueves a la "Gallerita", donde Liñán.

Preparar bravucones de pelea, para llevar a combatir a los cenáculos gallísticos es cuidadoso. Los galleros dedican un largo rato del día para contemplar preparando de forma cuidadosa los machos de combate de valientes pulidos por los que atienden los pendencieros llevando vigilancia, conduciéndolos a la arena del ruedo; observan como los cambian a lugares donde no los acose el sol canicular, están en guacales o amarrados en una estaca que en la parte de arriba lleva una tira de madera incrustada con un clavo sobre la porra enterrada en el suelo armando una especie de cruceta, encima de esa aspa se suben engreídos los pollos de combates petulantes batiendo en el pecho sus alas para emitir su canto característico; estos cernícalos son correteados mostrándoles una mona, que puede ser verdadera o postiza; la mona verdadera es un gallo vivo que le van mostrando al valiente que se está adecuando para el combate en los clubes gallísticos; una mona postiza, es un pendenciero artificial hecho con trapo o pedazos de tela y le adosan plumas generalmente de un combatiente chino, le yuxtaponen una cabeza de igual manera la cola formando un mamarracho parecido a un belicoso lleno de esferográficos vivo. Él gallo guerrero sigue al que lo está entrenando conduciendo otro presumido entre las manos o una mona compuesta, el adiestrador del gallo va transitando por todo el lugar designado para el correteo; esta actividad, la realizan diariamente. Algunos días, topan los jactanciosos, les colocan unos mitones para correteo en las espuelas de esta manera evitan que corten o golpeen con las puntas en el entrenamiento que le aplican al emplumado. El intolerante, cuando lo llevan a la gallera ya ha vivido el proceso de correteo, su alimentación es a una hora precisa, duermen donde no les moleste la luz o haya ruidos estridentes que eviten que el dormir animal sea placido. Al llegar el gallo de pelea al redondel de combate listo para reñir su dueño o entrenador lo conduce a la balanza y lo pesa, determina cuál es su pareja, lo hacen de acuerdo a su estilo de pelear que es precisado durante el entrenamiento del presuntuoso, ya el gallero tiene determinado si le busca un contrincante más alto o bajo; cuando consiguen un antagonista adecuada pareja para su peleador lo cazan colocándoles las espuelas, los galleros determinan si son aguijones medidas o del tamaño que deseen los dueños; existe en las gallerías sitios adecuados para los fieros enfrentamientos de esos combates, concurre la presencia de dos jueces encargados de asistir las pugnas entre peleadores con puntas, cada uno se encarga de un conflictivo animal durante la pelea de los groseros. También en los clubes gallísticos cohabitan sitios para asegurar los peleadores que no están en combate, de esta manera son observados de representación permanente por los cuidadores de machos de fieras peleas.

En la historia de las riñas de gallos existen personas simbólicas ya que en vida se destacaron en estas lides, por ejemplo, compareces manifiestos en estos casos como Miguel Yanet, que su pedestal en estas actividades conllevó a que el Club Gallístico de Valledupar lleve su nombre símbolo de recuerdo imborrable por sus actividades permanentes dedicadas a los gallos. En la actualidad hay nombres destacados algunos fallecidos, otros en plenas actividades, podemos citar a Celso conocido en el argot gallístico con el remoque de Checho, Liñán (QEPD), El médico Navarro, Pedro "Burra", Carlín, Julio Daza, Eusebio Gómez (QEPD) Y Andrés Gómez, de la cuerda los Mucurumbos, Miguel Guerra (Melquiades), Cueto (QEPD); Chema, Rodrigo Cárdenas, "Armando el de Checho"; existen muchos galleros que no alcanzamos a denominar en este relato pero realizan actividades diligentes a esos baladrones llenos de aírones como lo ejecuta cualquier fanático de los pendencieros con exuberantes sonrojos de plumas.

Cuando ocurren concentraciones de peleadores machos que exhiben plumajes diversificadas de cololorinches, vienen de todo el país, traen sus cuerdas de fuertes que pueden eclipsarse o sobresalir, pero, para que peleen sin entorpecimientos son motilados dejándoles los penachos en el pecho, las alas y la cola; sostienen los galleros que "esa actividad la hacen para que el marido fino de las pusilánimes de raza guerrera logren batirse con soltura" durante el combate en la arena de los ruedos ubicados en las galleras. Las Cuerdas gallísticas de Valledupar también van a otras ciudades del país o asisten al extranjero. Eso es para que los galleros de otras ciudades colombianas y países los cinco continentes de la tierra asistan a los actos de reyertas de gallos que ocurren durante la plasmación del Festival Vallenato en la ciudad reina de la música de acordeón, también para que otras ciudades asistan a las concentraciones de gallos de combate en los clubes o ruedos vallenatas.

¿Por qué los gallos selectos de combates, entre más pelean, más concurren a las gallerías y los enrasaderos de valientes finos, lo mismo que en los criaderos de vástagos refinados? Son preparados cuidadosamente para el combate de valientes de riñas en galleras nacionales e internacionales. Existe una razón contundente para que haya abundantes pendencieros asistiendo a los clubes de gallerías: Los afines a las riñas de gallos finos, se han dedicado a enrazar a los mejores pollos, utilizando selectas gallinas, por esta razón inocultable la presencia de jactanciosos portando hermosos penachos de diferentes salpiques en toda su badana es exuberante.

Los galleros aficionados, buscan poseer una pintada y un belicoso aventajado animal de pendencia, que sea batallador triunfante cuando le coloquen el carey, el que, insertado sobre las espuelas naturales sean causantes de heridas a veces mortales al contrincante enfrentado a él; también hay galleros que cruzan gallos y gallinas al por mayor lo que hace que sea abundante la exhibición de abundantes pendencieros en los sitios de combatir los emplumados conduciendo airones llevando innumerables tonos; existe un galimatías en los galleros es que cuando se está desarrollando el pugilato entre los emplumados, la algarabía tiene ribetes de quimera o de frenesí, esto estimula a que durante el desarrollo de esa merluza bulliciosa se escuchen frases de exaltación a los pollos contendientes llenos de plumas que son insinuadas al acorde del combate:

—¡Adelante gallo Jabado!

—¡Vamos pollo matador!

—¡Ponle un zancajo a ese gallo pinto que más bien parece una polla sin gallo macho que la pise!

—¡Pégale en la pechuga para que caiga abierto ni una loca sin marido!

—¡Dale un tiro de corazón para que lo tires muerto!

—¡Pártele el pescuezo a ese pendejo!

—¡Insértale un pulmón!

—¡Dale una tumba perfecta!

—¡Pégale un espuelazo en los huevitos para que se corra y salga cacareando ni una gallina alborotada!

—¡Tíralo patas arriba!

Son frases gritadas a todo pulmón por los aficionados a los gallos, lo curioso es que estas afirmaciones son expulsadas desde las gargantas de los galleros al unísono la mayoría de las veces, convirtiéndose el espacio de la gallera en una especie de algarabía colectiva unísona, en una situación que solo los galleros entienden hablándoles a los gallos como si fueran seres o personas que acatan las órdenes del público generalizado; en medio de esta bulla y también vociferando se encuentran los amigos de 'Yayo'. Entre ellos, Rodrigo Cárdenas, Rigoberto de Armas, Mane González, Melquiades Guerra ... En un coloquio acerca de un pugilato entre dos gallos, uno de ellos, cae al suelo enseñando las patas para atrás completamente estiradas, no continuará en la contienda, sufrió una tumba[42] a la perfección, esto ocurre cuando al gallo le introducen una puñalada en la pechuga. "En topa es muy bueno pica por donde sea tirando las patas"–. Melquiades intenta seguir emitiendo su perorata, luego frunciendo el ceño expresando concepto dirigido a uno de sus amigos:

—'Yayo', vamos a enrazar ese gallo perdedor le colocamos la gallina que te regaló Rodrigo Cárdenas, ese sinvergüenza es fino y plumea en forma perfecta usando el alanceador pico.

Rodrigo Cárdenas, cuando escucha su nombre, barbotea:

—¡Eche! ¿Por qué pronuncias mi estimable y distinguido nombre loro viejo? Melquiades en forma contigua manifiesta:

—Estamos planeando enrazar el gallo morado que acaba de ser tumbado poniéndole la polla que le regalaste a 'Yayo' de un enrase que tú concebiste.

—¿Dónde será ese cruce de animales llenos de cimeras?

—Lo haremos en la casa, prepararé un sitio en el callejón que es bastante ancho–. Arguye Melquiadito.

—Me apunto, es una buena confluencia de animales, ese gallo morado es bueno lástima que no lo han dejado pelear en ninguna de las dos riñas que ha realizado en este club gallístico–. Comenta Rodrigo Cárdenas.

El cruce genético entre la polla y el gallo purpúreo se realiza; de nueve hijos sacados por la gallina de 'Yayo' que encluecó, solo logró salvarse un polluelo porque los demás se evaporaron sin verse ni siquiera el visaje. El pollo que se salvó era un polluelo de escaso tamaño, su color poseía una película que llevaba incrustada unas motas de péndola blanca y ámbar, dándole al crío aspecto de una polla garbosa pinta ya que el blanco y ámbar lo rodea un color gris oscuro en cada airón, se concluyó en propensiones de galleros y no galleros los que no fueron pocos que era una hembra petulante. Su fatuidad palpable cuando se erguía delante de sus congéneres adultos dándoles una fiera riña; pero preexistían incertidumbres, porque esa entonada se les enfrentaba a seres de su especie maduros y formadas derivándoles lidias donde a las descuidadas las hacía retirar del encarnizado pleito entre gallináceas de estirpe valiente desafiante. Melquiades, en una ocasión, le manifestó a 'Yayo', "que no sabía que pensar de ese polluelo, intuía que ese animalito no era polla, su belicosidad es genética", "creo que nunca se encluecará"–. El joven, nuero de Pacha después de escuchar lo proclamado por Melquiadito, cuestiona:

—¿Discurres ese argumento basándote en cuál paradigma?– Cuestiona 'Yayo' esa vez en la casa de Melquiadito.

Melquiades inmediatamente, manifiesta:

—He venido analizando la evolución de ese descendiente directo de los dinosaurios, se enfrenta a las gallinas adultas finas, pelean usando ferocidad a las descuidadas les gana haciéndolas correr.

—Oye, Melquiadito, eso no es una pusilánime, ese es un pollo lo que pasa es que será gallino.

—Acabo de escuchar una concepción positiva al sostener que ese animal no es una gallina sino un gallo gallino, porque a todo el que le hacía el comentario, se reía de mí, hasta que escuchó esta percepción favorable bien argumentada. Aquí estuvo Orlando González, le hice la advertencia y me dijo que yo estaba loco o muy descocado, que ese animal era hembra real en el punto de la tierra donde fuera exhibida.

—Bueno, en lo de "loco y descocado", Orlando González no erró, pero cuando predijo el sexo del animal que estamos señalando, el "descocado y loco" fue González.

— ¡Sí este 1000 veces hp aprueba que me insulten! ¡Ahora sí se jodió esto! Que un aparecido de mala medra me injurie no tiene una buena explicación.

—Escucha, imbécil atarbancito, debes corregir ese lenguaje insultante de dinosaurio que vivía en las cavernas en milenios pretéritos. Tú nunca usaste sexualmente a mi santa madre, además, ella no fue cabaretera como la de otros que se encuentran dialogando en mi presencia en estos momentos.

Melquiadito, largando una carcajada estrepitosa, comunicando:

—"Aparecido sin norte", tienes una lengua como un 'prostituto', no en vano, me has comentado que en el barrio San Joaquín, desde muy niño, conociste un punto de lenocinio llamado "Las Piedras", según me has narrado, fue bastante escabroso existían dos cuadras al lado y lado llenas de puro cabaré. Pero dejemos eso a un lado, lo que me has contado de tú demoniaca vida… Oye, 'Yayo', ese pollo si es macho dará lidia al gallo que pelee en su contra porque en el pugilato por lo que he visto será tenaz.

—Después de pensar detenidamente he concluido que eres un buen "burro viejo" cuidadoso con los emplumados, peleadores.

Melquiades, en un arranque inesperado, farfulle:

—No te he vilipendiado, sé que mi prima debe estar arrepentida de haberte conocido. Pero hagamos esa vaina a un lado hablemos del pollo que tiene cuatro meses. Se sale para en el parque que está frente a esta casa; el otro día un chamaco le tiró una piedra, porque él no se dejó agarrar, le pegó el guijarrazo en la pata, lo innoble, fue que ese "merodeador de lo ajeno" intentó entrar cuando el animalito cojo, se introdujo aquí en la casa; le salí al paso diciéndole: "Infernal muchacho" ¿Te lo vas a robar …? La carrera que confeccionó fue expedita "debió ir a parar al polo sur". El mequetrefe se asustó más cuando vio que llevaba la escopeta doce en las manos, me provocó fue hacerle un tiro al aire.

—¿No conociste al alfarache?

—Lo conocí, el otro día vi al padre se lo comenté, me dijo que hablaría muy serio con él. No sé si lo hizo, pero ese mutante, por acá no ha vuelto.

—Tenemos que buscar una medida, para que ese animal no merodee en el vergel.– Concluye 'Yayo'.

—Lo único que podemos hacer, es que, dentro de un mes, lo llevaremos a la gallería de Andrés Gómez, que lo prepare para competir en la gallera.

El pollo empieza a cantar a los pocos días de la conversación entre 'Yayo' y Melquiadito, un gallo basto bastante acuerpado, que correteaba al pollo gallino cada vez que lo encontraba en pleno edén ubicado frente a la casa de Melquiadito, el gigantesco cubierto de plumas llevando un tamaño casi de un pavo le caminó a pegarle al pollo, el gallino matizo le hizo frente en pleno parque al mastodonte lleno de penachos mezclado de músculos abundantes en todo su organismo, en esos instantes el yerno de la dueña del bravucón bastardo arribaba donde Melquiadito, este le comunica al dueño del pollo fino recién arribado a la esfera donde vegetaba el cría repintada:

—Miremos quién es más bravo, no creo que ese gallito pintarrajeado, todavía le resista a ese mampolón[43]... ¡Mira! Con una sola patada lo hizo correr, mejode[44], ese animal será una maravilla en la gallera–. Narra Melquiadito.

—Te lo dije, que era un macho, llevémoslo para donde Andrés se lo pueden robar mostrándole otro gallo lo agarran y hasta luego pollo pintarrajeo.

—Pero está muy pequeño. Vamos a dejarlo desarrollar ese es un bebé pendenciero.– Arguye Melquiadito.

—Ahora te vas a convertir en un maricón ... argumentado pendejadas. Buena que está la vaina acaba de germinar una mariqueta en estos lares de suerte por aquí hay mucho cigarrón–. Responde 'Yayo'.

—Ese pollo, no pasa de cinco meses, estos animales no se deben forzar tanto.

—Nos jodimos, un predicador al lado de nosotros los galleros, te compraré una biblia para que vivas rezando; lo que faltaba una prostituta maricona disfrazada de hombre en este espacio–. Observa 'Yayo' en ese intercambio de pareceres.

—Este hijo de una iguana ¿De qué se las va a tirar?

—Respete, hijo de siete padres, mi madre no subía, sotos.

—Deja de joder y cojamos el "chiche", llevándolo donde Andrés–. Sonreído, manifiesta Melquiadito–. En lo referente a los árboles tú santurrona madre no los subía, pero si los lamía.

'Yayo' repara a Melquiadito con faz huraña, después emite diálogo:

—Haremos lo que ordenes, pedazo de alfandoque[45].

El pollo es agarrado, mostrándole un presumido, traído de la Gallería de Andrés Gómez; el facistol de esa idea de traer un emplumado, fue 'Yayo', él deseaba que ese pichón de aves sea entrenado rápido, apetecía observar cómo iba a reaccionar esa figura cuando se viera frente a otro de su especie o su clase en un Club Gallístico ambos con el "carey" puesto en sus zancas; era un espécimen gallo fino soberbio percibido a simple vista, pero observado con las puntas en pleno combate era diferente, ahí se mira el comportamiento cuando lo hieren, si es bravo o es cobarde. Por esta razón el hijo de Nicolasa Contreras Pontón exclama:

—No soy temerario, pero este animal tenemos por obligación que llevarlo para donde Andrés Gómez o preparémonos para una pérdida–. Melquiades Guerra, oye la exposición de su amigo, expresando:

—Ahora sí entiendo a este poporo[46], por no explicarte como lo has hecho ahora te había mentado la madre más de cien veces … sin anestesia.

—Los hijos de madres que practican el lenocinio en los prostíbulos más rancios son afeminados, nunca entienden las cosas que articulan los seres decentes, no hay que culparlos, son unos pobres diablos–. Melquiades tranquilamente se queda mirando al interlocutor, comunicando:

—Acojo lo que argumenta este perfecto hp, llevémoslo para donde Andrés–. Melquiadito mostrado una pasmosa seriedad continúa farfullando:–Pero quiero hacerte una propuesta, 'Yayo'… dejemos de mentarnos la madre, perfecto hp.

Los amigos del vecindario, reunidos en la casa de Melquiadito, que no eran pocos, estallan emitiendo una estruendosa carcajada. Los galleros arrancan llevando el peleador en las manos para el lugar de entrenamiento de guerreros emplumados; Alcanzan a casa de Gómez, él los contempla dándoles la congratulación sin dejar de mirar de reojo el animal que llevan en las manos uno de los recién arribados a la galleria de Andrés Gómez. Antes que ellos digan el propósito de la visita, él gallero se adelanta inquiriéndoles:

—¿Cuál es la propuesta con ese animal bastante nuevo? No me digan que lo quieren dejar.

—Hermano de muchas batallas, este sujeto nació en la casa, es hijo del gallo morado de Eusebio, pero demasiado callejero ya se robaron 8 hermanitos de él, no deseamos que a este le ocurra lo mismo–. Argumenta, Melquiadito.

—Mi consanguíneo me dijo que les había prestado ese cernícalo y dos gallinas; ahora que reparo ese pollo les diré algo: Ese animal me lo propuso un vergajo muchacho esta mañana, me dijo que se lo iba a robar para traérmelo, que le diera cinco mil pesos. Le comuniqué no compro animales robados, pero si es bueno como has dicho, te lo puedo comprar.

—Tiene que ser el carajo que hice prestarles las paticas a un venado cimarrón hace como un mes o más tiempo, iba a entrar al patio de la vivienda donde vivo a agarrar el pollo, pero le salí al paso con la escopeta # 12 en la mano haciéndole un disparo al aire el abandono fue muy acelerada–. Afirma Melquiadito–. La carrera fue tan veloz que nunca le "pude observar los pies al muchacho cuando corría".

—Allá viene —Ese carajo es —sigan a la platea, lo llamaré, cuando esté confiado ustedes salen se lo dicen aparentando que le fueran a pegar para que no sea ratero de gallos y gallinas.

Los visitantes siguen a la luna de la vivienda de Andrés, cuando el joven arriba donde el cuidador de gallos le comenta al dueño de la gallería:

—Fui por Pinto, como que lo aseguraron porque está presente es un gallo basto giro, esperé como diez minutos que saliera el pollo de pelea hasta que me aburrí, de allá vengo–. Melquiades y 'Yayo' luego de anidar en sus oídos la conversa salen de repente, el muchacho reconoció a Melquiadito, pero se quedó sentado en la banqueta donde colocaba sus grupas, el que trae el pollo en las ayudas apostrofa:

—¡Ve si está presente el raterito de gallos! ¿no?

—Señor ¿Por qué me endilga esas acusaciones?

Melquiades, con cierta rabia le apostrofa:

—Se va a tirar de mariquita casto el muy ladrón e hijo de p… mal n … si fueras un hombrecito, te diera una gaznatada del lado del cachete derecho, que sacara hasta las muelas del parte del sopapo izquierdo. Vea … Andrés, la velocidad de un leopardo no servía, ante el expedito correteo que presentó este patiero del infierno hijo de perra zorra, me provocó fue darle un tiro en la cabeza usando la doce de cinco municiones que está en la casa preparada alojando dos dobles ceros para colocárselos en la cabeza o las costillas de este piltrafa cuando vuelva por la mi morada a robarse los pollos y gallinas, es un verdadero malnacido poseyendo unos padres que no corrigen a los hijos tampoco los obligan a estudiar para que anden por las calles ni un verdadero degenerado.

El muchacho sigue petrificado en la banqueta donde instala sus culatas, 'Yayo' se le acerca como si llevara intenciones belicosas contra él joven, Andrés, le guiña el ojo al compañero de Melquiadito mientras le manifiesta en forma de súplica:

—Por favor, 'Yayo' ¡No lo vaya a maltratar! Sé cómo actúa usted en la gallera al existir bataolas parecidas a él caso que se elucida en el momento, se les aproxima conduciendo paz en su catadura cuando uno viene a ver los agrede usando la mano en plena faz ajena llevando contundencia a los que discuten con usted, incluso a varios les ha reventado la cara o les ha lanzado al suelo hasta tres dientes; se va acercando mañoso ni chigüiro en reposo cuando uno viene a ver, se convierte en un flas para detonar una trompada golpeando la cara a sus contrincantes; en varias ocasiones he visto su mano en rostro ajeno, les ha metido la trompada causándoles heridas.

'Yayo' se sorprende de lo afirmado por Andrés Gómez, pero rápidamente cavila acotando:

—¡Vea Andrés Gómez, ha evitado usted que le dé el golpe perentorio que este hijo de zorra flaca se merece mucho más de eso por ser un vergajo hp … ladronzuelo de emplumadas y pollos de pelea! ¡Diga algo para reventarle la cara a puñetazos gorrino malparido …!

El mozuelo se levanta, se retira caminando despacio llevando pulcritud, Melquiadito al contemplarlo conduciendo aparente tranquilidad le afirma:

—Es mejor que te largues malandrito[47] afligido–. El muchacho cuando se encuentra a tres metros separado de ellos emprendió una desembarazada galopada más veloz que los fragmentos de un planeta que acaba de explotar en cualquier rincón del universo, al llegar a la esquina de la carrera veinte con calle 17ᴬ, casi se lo arrolla un automotor de servicio público que de casualidad rodaba despacio; 'Yayo', después de "cansarse de emitir carcajadas", continuó, tartamudeando:

—¡Andrés ... nunca ... había visto ... a alguien ... correr asustado! ¡Eso era mucha velocidad que presentó el bellaco ... ese mal nacido hijo de leona desnutrida!

—Él vive ahí diagonal en aquella casa blanca.

—Pensó que íbamos a colocar el chivatazo ante la mamá o el padre, pero a eso "no se le para bolas", hablé paja para seguirle la corriente a este gallero taimado que lidia los peleadores llenos de plumas–. Sostiene Melquiadito, emitiendo una luenga y estruendosa sonrisa que parecía emitida por un conjunto de monos revoltosos actuando en un maizal sin cuido.

—También pillé de una que Andrés Gómez, lo que quería era que le hiciéramos la añagaza, por intentar robarse el gallo a pleno día–. Confirma 'Yayo'.

—¡Eso es verdad! No había encontrado la forma de alejar de la casa a ese mal vecino, porque el día que se le dé papaya se roba un gallo de aquí, lo vende en otra gallería por una miseria, así sea un buen animal–. Manifiesta el gallero.

'Yayo', mira para donde Andrés Gómez, tropezándose su mirada con la de él que entrena los pollos para pelearlos ilustra en el sitio donde existen más de cuarenta gallos de brava riña:

—Vamos a lo que llegamos hasta acá ... ese pollo que está en esas manos peligrosa que no respetan los bolsillos ajenos en cualquier momento los limpia y él de descarada manera sale tranquilo ante dueño de lo sisado caminando como un verdadero miserable; ese animal vive callejeando, esta mañana casi se lo roba el venado que escapó volando de aquí ni un colibrí perseguido por un carnicera lechuza; lo agarramos con el emplumado que mandamos a buscar enviando a Jairo Macabí usted de manera amable lo despachó; lo hemos traído para que termine de desarrollarse aquí, ahora le traigo el maíz, mañana compro las vitaminas, purgantes y antibióticos que recomiende usted, voy en busca del maíz amarillo, espéreme aquí don Melquiadito Mindiola, ya vuelvo.

—Te apuras aparecido degenerado no soy esclavo tuyo para esperar hasta que tú hagas efectivas las oscuras pretensiones que llevas en la desquiciada mente, para no comprar el maíz, no te vayas por otro lado para tu destartalada casa.

—¡No eres mi esclavo, pero sí mi señora! No acostumbro a dejar esperando a la gente seria como Andrés Gómez. No me gusta dejar esperar sentado a las personas cumplidas laboriosas, si fueras tú, "no solo lo dejabas hacer tiempo" si no que le ofenderías a los parientes más apreciados por él ….

El estridente holgorio de Melquiadito hizo cacarear los gallos de la gallería que son unos cuarenta o pasan de ese número; el del grano arranca, pasado unos minutos, regresa con diez Kilos de mijo amarillo, Melquiadito lo mira farfullando:

—Le di plata para cinco kilos y trajo diez, eso está más que bien.

—Hijo de vaca criolla que comía en un potrero que carecía de pasto mostrándose un zarzal. No mientas, pedazo de alcornoque los esclavos no hablan, cuando sus amos actúan ¿Queda claro?

—¡Queda claro, mano para atrás!

'Yayo', lo contempla fijamente soltando un luengo carcajeo, eso no inquieta a Melquiades, luego de ese caos se despiden de Andrés, el hablante es el esposo de Carmen:

—Amigo Andrés, le dejamos el pollo cuídelo como sabe usted al preparar a los jactanciosos de riña dura.

—Mucurumbo, no le prestes mucha atención a este imbécil, se cree un gran señor, pero no deja de ser un aparecido guacharaco[48]–. Expresa Melquiades expulsando carcajadas altisonantes.

—¡Señor Andrés Gómez, el loco es 'loco', también 'loca' donde quiera alcanza, hay que perdonarles sus arrebatos imitan a una mula cimarrona, son hijos de menos madre a él lo parió una vaca criolla de escaso tamaño por no ser empotrada en una hernista donde hubiese pasto en abundancia!

—Eso te va a salvar, aparecido sin ley–. Andrés escuchando varias veces el término 'aparecido' interpela:

—Melquiadito, por qué le repite a cada momento el vocablo aparecido, lo ha anunciado muchas veces, eso no me molesta, pero quisiera saber por qué lo pronuncia muy seguido.

—¡Es que eso es él un aparecido! Nadie lo conocía en mi familia, de pronto, resulta casado con mi prima hermana, a la sazón es eso un aparecido exinanido.

—La envidia destruye a este tipo de forma lenta por su interior, su sufrimiento es muy inexorable no podemos hacer nada ante este hipócrita amigo.

Los aliados toman la vía de sus casas, Melquiadito vive cerca de seis esquinas, su amigo pernocta en la calle 16C entre las carreras 19E y 20; el compinche de Melquiadito llega a su hogar, la esposa lo contempla, comunicándole:

—Va siendo hora de viajar para Mariangola, ven a almorzar. 'Yayo' emitiendo una sonrisa, comenta:

—Vengo de donde Andrés el gallero, llevamos el pollo Pinto a la gallería.

—Ese animalito que tiene pocos meses de haber nacido, no sean sádicos, el pobre animal se va es a "chupar" cuando vea los otros gallos.

—¿Dónde aprendiste ese término?

—Te lo escuché a ti una vez, te pregunté qué quería decir ese vocablo, dijiste que era un gallo medroso que le huye a los otros machos emplumados.

—Eso me agrada, que aprendas las palabras de los galleros.– 'Yayo' almuerza, a continuación emprende el destino para su sitio de trabajo, se dirige a la calle o avenida 21, lugar donde se monta a los buses intermunicipales que transcurren por su sitio de labores, aguza sus sentidos observando que viene un bus de la empresa de transporte llamada "Copetran", se aúpa al vehículo, el cual se dirige expeditivo para su destino, alcanzan al corregimiento de Valencia de Jesús, seguido unos minutos consiguen a Aguas Blancas, luego terminan descubriendo a Mariangola, frente al puesto de policía de ese corregimiento manda a parar el carromato; desciende del bus intermunicipal, carro continúa su viaje, él docente camina unos cuatrocientos metros ulteriormente de cruzar la carretera camina para el sur alcanzando a la escuela Pública Juana de Atuesta. El grado que dirige es cuarto de primaria, los alumnos al contemplarlo le proporcionan la bienvenida, entra al aula el conjunto de muchachos iniciando las clases con 'Yayo'. Ese día tiene reunión con los padres de familia para entregarle los boletines, cumple esa faena, a las 5:30 P.M. regresa a Valledupar. A la siguiente jornada, vuelve a su punto de quehacer, al pisar el plantel la directora, Carmen Torrenegra, le comunica:

—Profesor 'Yayo', hoy manda los niños a segunda hora, después nos reunimos todos los docentes para recibir un informe del sindicato y lo analizaremos.

—Eso forjaré, la lucha será para que esos niños se vayan, cuando están en clases no quieren irse para sus casas.

—Caramba, qué les has dado a esos muchachos 'Yayo' ¡confiesa, confiesa!–. Musita Ana Elvira, una maestra oriunda de Chiriguaná que labora en compañía de 'Yayo' dirigiendo un grado en la escuela Pública, Juana de Atuesta de Mariangola.

Víctor Madrid, un docente que también labora en la Escuela Juana de Atuesta junto a Ana Elvira y "Yayo", ante la expresión jocosa de Viro, de esa forma marcan a Ana Elvira, pregunta:

—¿Por qué ese interrogatorio a 'Yayo'? Piensas que el docente les ha ofrecido a sus educandos ¿Maranguango?

Viro, ante esa duda e interrogación realizada por su colega, es más determinante en su propósito:

—Estoy casi segura de que eso realizó este señor, mírale la cara de zorro ladrón de gallinas que posee encubriendo sus fechorías; no he visto tanto apego de los alumnos de un grado, varones y niñas, con su guía de aprendizaje.

—¡Viro, ese afecto va en el carisma que tenga cada docente ante sus dirigidos! Asevera el docente con una voz impostada, que hace soltar una algazara a todos los educadores reunidos en el ámbito de la escuela. Pasado el holgorio la directora, Carmen Torrenegra inicia la reunión solicitándole a una de sus compañeras para que forje el rezo de apertura e interpreten el Himno Nacional, desentrañan a capela los himnos nacionales seguido el de Valledupar, anunciando un orden del día que ratificaron sus colegas en aquella ocasión. Carmen Torrenegra abre el cenáculo arguyendo que la semana entrante, los ciclos jueves y viernes, no habrá labores ya que se adelantará un cese de actividades a nivel nacional contra el mal servicio de salud prestados a los docentes, por la creación de un ente que regule el pago de los salarios mensuales a los educadores colombianos, la cancelación de las pensiones a tiempo, la libertad de cátedra más el desembolso de las deudas o emolumentos no cancelados por parte de la Nación. Pero, también podemos organizar en esta fecha la celebración de la semana cultural en la escuela, desde mediados del mes entrante, ese tema lo tenemos que dejar finiquitado en el día de hoy, no vamos a estar solos, nos aliaremos con el colegio de bachillerato oficial que funciona en el pueblo desde el año pasado 1980.

Hazaña del pollo pinto

A los pocos días de llevado el pollo saraviado a donde Andrés Gómez, Melquiadito acompañado por 'Yayo' vuelven a la galleria donde el cuidador de aguerridos presumidos, al arribar los amigos él gallero les glosó:

—Tengo noticias funestas del pollo gallino pinto, topé ese pollo pintarrajeado, pero se la pasó fue arrastrándose durante la contienda, le daré otro chance, porque, aunque se arrastraba cogía plumas, el otro gallo es pesadito ante él, tenía las señales de su botón pintada en toda la cabeza y el cuello, además el tiño espantó al otro gallo 2 o 3 veces, eso, me otorgó una esperanza. Ni siquiera lo emboté. Lo probaré otra vez dentro de 2 semanas para contemplar lo que sucederá.

—Vea, amigo, manifiesta 'Yayo', ese animal será un asesino, lo va a comprobar muy pronto–. Sostiene 'Yayo', hablando, llevando seguridad–. Melquiadito tercia en el dialoga:

—Le narraré lo que le aprecié a ese pollo la vez que enfrentó a un gallo basto grandote, pensé … se corre el pollo saraviado, está muy joven para enfrentar a ese estegosaurio; el enfrentamiento duró menos de un segundo, cuando el mastodonte salió corriendo, tambaleándose y tropezando con las piedras que topaba a su paso.

—Eso no me lo habían expresado, va a pegar con el carey, será una exhalación durante los pleitos que desarrolle en la gallera.

Los amigos parten, obtienen la casa de Melquiadito, Jairo, el hijo del maestro de albañilería, cuestiona:

—Y el gallito ¿cómo está? Debe existir huido porque en medio de esos paquidermos conduciendo airones tiene que vivir acobardado.

—¿Tú que ingieres? profetizas teniendo una elevada pifia, seguro que estás merendando barro, las personas cuando disipa la comida engullendo tierra infectada, no atina en sus charadas.

—No, 'Yayo', él come garrapatas de un perro sarnoso que vive en el barrio, por eso no le pega a un acertijo.

Pasada dos semanas, 'Yayo', vuelve donde Andrés, seguido su continuado inseparable amigo, el cuidador de petulantes arrastrando en sus manos un fatuo lleno de airones les comenta animado:

—Ayer volví a enfrentar el animal pugnando frente a otro alabancioso, le eché un gallo que le lleva media libra, desde que salieron el pinto lo espantaba, me tocó separarlos no enfrentándolos de nuevo, lo había privado 4 veces en menos de 8 minutos, el gallo que lo afrontaba lleva cuatro riñas ganadas y lo podía hacer correr, eso no es bueno. Se acostumbran a retirarse de las riñas cuando uno menos lo espera.

Jueves, transcurridas 15 calendas, los intrínsecos amigos vuelven a pisar los predios del señor Andrés Gómez, los dueños del fatuo Pinto arriban a la gallería, el cuidador de emplumados al notar a Melquiadito acompañado de 'Yayo' masculle:

—Los iba a mandar a busca...

—¿Se adoleció el pollo?– Cuestiona 'Yayo'.

El responsable y dueño de la gallería, contesta:

—¿Por qué en sus cerebros fluyen ideas negativas? Al contrario, pueden llevarlo a la gallerita de Liñán hoy, ya está para pelear.

—Lo conduciremos hasta ese sitio, en esta fecha mata un gallo ajeno–. Dice Melquiadito.

A las tres p.m., los compinches regresan por el combatiente desconocido como peleador calzado llevando punzantes para que combatan valientes portando plumas y canto de jactanciosos, lo llevan en una valija para emplumados de lidia, lo agarra 'Yayo', después de repararlo concluye emitiendo rápido diálogo:

—Está muy rojo, entonces llevémoslo o van a creer que tenemos miedo sin comenzar a pelear el animal. Él no pasa de seis meses quizás no los ha cumplido, pero él es un batallador empedernido.

—Vamos, ahí viene un taxi–. Paran el carro, es 'Yayo', él le dice:

—Haga el favor de conducirnos hasta la gallerita–. El chófer contesta:

—¿Dónde Liñán?–. Melquiadito de forma inmediata farfulle:

—Usted sabe dónde es; vamos a pelear este pollo, es un niño, pero callejero como un gamín, por eso nos tocó conducirlo a la gallería, ahora va a matar el pollo que se le atraviese.

—Entonces ha pintado bueno.

—En los correteos y topas, hace humillar combatientes de varias riñas y reconocidos como buenos. Pueda ser que luciendo el carey pegue en cuerpo del oponente insertando la puñaleta que agregan los calzadores de aprestos–. Expresa Melquiadito.

—Pueda que, es desconfianza, estoy seguro de que este animal mata antes del minuto eso lo ha demostrado en los correteos–. Musita "Yayo" sonreído.

—Entonces, así será, no se diga más jefe de las ciencias ocultas mejor pronunciado... brujo consuetudinario–. Concluye Melquiadito bastante serio.

—¿Qué te ocurre o estas embolsado y todavía el pollo no se ha casado?

Melquiadito no contesta las aseveraciones de 'Yayo'; arriban a la gallera posterior a este hecho acceden a ese sitio, el punto está abarrotado de galleros, van ecuánime a la báscula, llevan el gallo en las manos colocándolo en la balanza, su peso es 2.15 kilos, de los peleadores que muestran, son demasiado grandes y viejos para enfrentarlos a él. Melquiadito, se queda en el peso, no hay contendores para ese provocador lleno de plumajes pintoreteadas, Julio Olivares que espera que le saquen el pollo, le sonsaca a 'Yayo':

—Tengo uno ahí, pesa igual al de ustedes.

—No, julio, ese es el gallo chino que has peleado varias veces y es el segundo plumaje riñendo, así no te lo enfrento con ese viejo peleador, este gallo es un niño, tú bien lo sabes. Además, no te queremos matar el gallito.

—Pero 'Yayo' tú hasta nigromante eres; le digo una verdad no va a pelear usted ni yo, son dos animales–. La llave del esposo de Carmen, en un arranque de temeridad dice:

—"Mira Olivares, se te va a quitar la pendejada, trae tu difunto, hasta hoy llega su historia".

—¡En el ruedo lo veremos!

Julio busca su invicto peleador de 5 riñas, la pelea se conviene, la reyerta va por 500 mil pesos, el contendor chino inmediatamente recoge el dinero, el coloreo, tiene 200 mil pesos que apuesta Melquiadito y 'Yayo'. Demoran la celebración de dos peleas, cuando un señor dice:

—¿Cuánto le falta al peleador pinto?

'Yayo' responde:

—$300 mil pesos.

—Se los voy a apostar, para que vaya la riña.

Los animales son calzados, se los presentan al público, a continuación de untarles limón agrio en sus espuelas, para que elimine cualquier vestigio de trampa; los jueces reciben las apuestas y los peleadores, el pollo Pinto y el gallo chino son picados, se retira cada juez unos dos metros, sueltan los gallos se patean y el gallo de Julio Olivares, cae al suelo brincado moribundo. Los amigos de Andrés Gómez reciben las juegas, el gallo, entregándole parte de ese dinero al apostador que arriesgó su plata, él recibe el dinero exhibiendo gallardía recalcando:

—Me voy, después me los quitan, ya estos $540,000,00 están en mi bolsillo, ahí lucen bien por el día de hoy.

El tahúr inicia su retirada, confecciona unos pasos para el portón de salida de repente regresa, preguntándole a 'Yayo':

—¿El jueves entrante, lo traen al ruedo?

El esposo de Marina inmediatamente responde:

—Eso téngalo por seguro, no podemos tenerlo para adorarlo, mientras esté sano lo pelearemos rápido, no lo dude.

—Entonces volveré ahí voy seguro, claro, que en gallo es jodido, pero este animal como salió en la valla aflora es a matar. Si sale así siempre mata de inmediato.

El jueves siguiente, llegan los coadjutores del pollo embadurnado haciendo presencia donde el pariente de Eusebio Gómez, él tiene tres contendientes introducidos cada uno en un maletín, entre ellos va el tiño. Melquiadito toma la maleta del mancho, 'Yayo' agarra una bolsa, Andrés Gómes coge la otra partiendo para la "La Gallerita" de Liñán, hacen figura en el redondel donde los que fugan o bravean riñendo; la enorme asistencia es desbordada, trajeron combatientes de muchos términos extra departamentales, diversas cuerdas se localizan en la báscula alborotando los arrestados presumidos, el gallero camarada de los "mamadores de gallo" se acerca con dificultad a la traquetea y manosea sus jaraneros, enseguida le salió un contendor al combatiente giro, transportado hasta ese recinto, el desafiante es un gallo chino, los paran 'frente a frente', parece que no incuban ventajas, se casa la riña, los cuidadores de esos animales salen en busca de un calzador para cada uno de sus aguerridos; los pendencieros les colocan sus persuasiones en cada pata, son conducidos al círculo, los jueces aceptan que los piquen Andrés Gómez y Darío, los luchadores se repelan al alzar al espacio donde riñen, caen al suelo, el brabucón de Darío aplica un san cajo en la pata izquierda del partidario de

Andrés Gómez, el peleador molinete, con su extremidad arrastrándose pica lanzando una patada amenazante, el ruido causado por los asistentes es abrumador, Melquiadito, manifiesta:

—Esta gente está fuera de foco, no veo la razón de tanto grito.

—Estás jodido, no observas que el gallo de Andrés Gómez le colocó un "buchesangre[46]" noble al otro pendejo–. Manifiesta 'Yayo'.

—Ya veo el copioso sangrado de la "gallina china".

—¿Perdón, como dijiste?

—Ay, pobre moribundo, el presuntuoso chino–. Dice riéndose Melquiadito.

—¡El gallo oriental se proyectó al suelo!– Grita 'Yayo', radiante en esa ocasión–. Melquiadito, manifiesta a voz en gaznate:

—De ahí lo pararán los jueces si quieren, se está desangrando el peleador chino–. Los dueños del peleador herido lo levantan, corren a pararle el sangrado, lo consiguen, le aplican un antibiótico recetado por el veterinario presente, pasados unos minutos el bravo chino inicia canto batiendo sus alas, claro, el sonido de su cantinela no es igual a la emitida cuando llegó al sitio de peleas de valientes hasta morir.

—Vamos a pesar a ver si le sale un antagonista nuevo al embadurnado, no es posible que no haya un peleador para él–. El gallero de Adalberto que sabe la edad del pollo porque Julio Olivares se la dijo, desafía:

—Melquiadito, tengo uno que pesa exactamente igual a esa chinchurria pollo pinto, si quieres los echamos–. El maestro de albañilería le responde:

—Tráelo los casamos si pesan iguales, los enfrentamos por eso no hay problemas.

El cuidador de provocadores llega con su gallo en las manos, 'Yayo', al observar el animal le comenta a Melquiadito:

—No eches esa riña, ese gallo es de Adalberto.

—El que quiere la pelea es el cuidador de ese señor, está insistiendo, ya casamos no desbarataré el jaleo entre ese par de pollos ¿El dueño de ese gallo es tu perro padre? O fue marido de su madre.

—¡Echa la riña gran hp mal… para que no hables porquerías o bajezas!

—Díganle que va después de la riña del combatiente chino, ya está en la valla y tiene la argento acopiada–. Musita Andrés Gómez.

—Espero, quiero pelear ese animal para ver que tiene–. Narra el gallero de Adalberto.

Andrés llama a 'Yayo' y compañía, narrándoles la siguiente historia:

—El taimado de Julio, estaba hablándole al gallero de Adalberto, claro escuche cuando le sostenía que notros teníamos un escándalo porque el "gallito pinto le dio un tiro de suerte" al mío y lo mató el jueves pasado. Desde ese momento el menesteroso gallero de los pollos de Adalberto ha insistido con la riña, ojalá no se arrepienta y la hagamos, es un gallo gallino negro hermoso, pero le saldrá el 'cuco'–. Guerra mira al verboso, tartamudeándole a 'Yayo':

—No vamos a dejarnos impresionar por bellezas, no le tengo miedo a ese pollo trefe, este bizarro se lo juego a cualquiera, "venga de donde venga", sea lindo o feo.

—No tengo miedo, pero me da vaina que ese señor viejo conocedor de estas lides se deje influenciar de otro, Julio como su gangorra perdió enfrentando al pinto, ahora nos persigue solapadamente. El todavía no ha comprendido que el pollo pinto es un gallo que pelea con el que sea. Vamos a la valla, va la riña del chino, la de vemos ganar–. El constructor de viviendas argumenta:

—Nosotros, le fuimos de cuatrocientos mil cada uno, esperamos el triunfo.

Los presumidos están a punto de ser soltados en el ruedo, los gritos se escuchan a baladros, los presuntuosos se enfrentan en el pleito, rápidamente el fanfarrón de Mucurumbo recibe un pulmón, tose, expulsa sangre, cuando el oponente se le aproxima, el pulmonado suelta las patas ubicándole una puñalada en la pechuga, el gallo de la Paz cae poseyendo los miembros inferiores para atrás, señal de una tumba perfecta.

—Pasó la riña, los animales tienen la plata recogida, espero que no te arrepientas Melquiadito casos se han visto, la pelea está a punto de realizarse, se deshace–. Dice el gallero de Adalberto a Melquiadito.

—Vea, esta riña va, necesitamos matar otro gallo hoy, para completar tres en esta fecha, así que si se corre es usted–. Musita el padre de 'Jairo Macabí'.

—Acuérdese que el mío también lleva punzantes.

—Allá los veremos pelear; lo que sí le digo es que habrá un muerto.

Los gallos son conducidos al círculo donde se desarrollan las riñas de emplumados provocadores sanguinarios. Los jueces toman las apuestas oficiales. Al mismo tiempo agarran los contendores, el gallo Pinto está inquieto, el entrenador del gallo gallino negro barbulle:

—Ese Pinto hoy se muere, este valiente es bisnieto de la mecedora, campeón en las galleras que ha pisado.

—El gallo de nosotros, simplemente es matón no necesitamos hablar tanto… mucho menos dilucidar de su descendencia, él, todo lo resuelve usando sus espuelas apuñaleando al instante en sitios mortales de sus contendores–. Contesta Melquiadito.

Los jueces muestran los guerreros al público, posterior a ser desinfectados sus aguijones Usando fruto agrio o cítrico, son conducidos hasta el centro de la órbita donde los gallos confeccionan el pugilato, son picados teniéndolos los jueces en las manos, cada administrador de los pollos finos busca un extremo de redondel para que permanezcan separados como a dos metros uno de otro, los sueltan, se elevan del piso repelándose en el aire "indiviso a disímil", cuando bajan tocando el suelo, el belicoso gallino negro se va para atrás, el alabancioso pintarrajeo gallino, se le bota en forma feroz, lo repela sin picar, dejándolo tendido en el suelo completamente sin vida. En medio del jolgorio, Jairo Macabí, grita a voz en cuello:

—¡A este pollo hay que colaborarle para que se esconda! El jueves pasado mató uno, este jueves acaba de matar otro, por eso lo buscan los gendarmes para ejecutar su aprensión–. La risotada fue majestuosa cuando los asistentes a la gallerita de Liñán alojan en sus tímpanos los párrafos pronunciados por el hijo mayor de Melquiadito Mindiola Guerra.

El allegado a Melquiades se aproxima dónde Andrés, comentándole:

—Nos fue bien a nosotros y a usted también–. Manifiesta, 'Yayo'.

—Si se puede saber, cómo cuánto se ganó usted.

—Me gané millón y pico, entonces vámonos de una vez, no sea que los pierda, saliendo varado de este terreno–. Responde 'Yayo', en eso se presenta Melquiadito, argumentando:

—Debo ir a buscar a Edilma, me dijo que fuera a esta hora–. Andrés, aprovechando el momento, murmura:

—Vamos, hace rato quería convidarlos, ustedes vinieron conmigo por esa situación no los puedo dejar–. Melquiades exclama:

—Cojamos camino, después nos quedamos. Me gané más de un millón de pesos, si me quedo se esfuman dejándolos en manos de otros galleros.

Los amigos parten, toman un taxi a la salida de la gallera van rumbo a casa del Mucurumbo. Son las 5:00 P.M. abordan el hogar de Andrés Gómez, Melquiadito, arranca con su compañero para donde Edilma, chocan con la morada de la dama señalada. El maestro de construcciones de albañilería abraza a su 'querida' al pisar la casa donde ella vive, dialogan, deciden irse a ubicar frente a la tienda del señor Ángel, que queda estacionada escasamente a 90 metros de la morada de la esposa del constructor; a Marina la informan de la presencia de su compañero con una mujer escasamente a una cuadra de su casa, la señora enterada, en medio de una cólera amenazante llega al sitio donde pernocta su esposo en compañía de otra mujer que es su 'amante', al arribar Marina donde los 'infractores' de forma sarcástica expresa:

—¡Qué bizarría la de esta pareja que la inspecciono bastante dispareja!

Sin mirar quien era emisor de esa frase provocadora el marido de la recién llegada, contesta:

—¿Dispareja? ¡No, somos bastante y muy acoplados! Marina, acudiendo a la candonga balbuce una frase insultante:

—¡Muy bueno que está el acontecimiento: un cabeza de puerco acompañado de una prostituta arrebata macho ajeno!

Melquiadito mira para donde la recién arribada al lugar apreciando la imagen de su esposa, balbuceando enfurecido:

—¿Tú, por qué llegas a dónde no puedes arribar?

Marina, con violencia reflejada en su rostro murmura:

—He venido a joder a esta arrabalera abusadora de los hombres ajenos 'perfecta quita macho'–. Termina de pronunciar esta máxima arremete violenta lanzándose hacia Edilma, pero no alcanza su objetivo, 'Yayo' se le interpone en su camino agarrándola a la vez barboteando:

—Marina, por favor, no te rebajes peleando en una cantina.

—Peleo ante esta cacatúa donde sea, es una cualquiera he venido a joderla por ser una quita macho–. Llega la suegra del marido de Carmen, agarra a Melquiades regañándolo, en medio del desorden le interroga al albañil:

—¿Por qué haces igual que un despreciable trayendo a esa mujer cerca a tu esposa?

El interrogado no contesta ningún argumento; Edilma se va escapando hasta que desaparece, Marina, busca a la 'querida' de Melquiadito para agredirla pegándole una pedrada en la cabeza, al no encontrarla por ningún lado estalla en requiebros desconsolados; su consorte es llevado hasta su casa agarrado por aliados, lo acuestan en su lecho, a los pocos minutos se duerme profundamente, su esposa arriba su morada, señalando:

—Él es una buena persona, pero cuando ve a esa porquería de mujer se descarrila "como un tren cuando va transitando por su estela".

Ocurrido el penoso suceso del jueves, Melquiadito el viernes temprano llega a la residencia de 'Yayo', saliendo acompañado de su camarada para donde Andrés Gómez, el gallero, cuando los amigos alcanzan a su objetivo, el cuidador de presumidos les barbulle:

—Hay una invitación para La Mina, un caserío que ya es corregimiento de Valledupar cerca del pueblo también perteneciente al Valle apodado Patillal.

—¿Cuál es la fecha de esa 'convidada'?– Pregunta Melquiadito.

—Eso es de mañana en ocho días–. Las anotas van llegando raudamente en un santiamén alcanza el sábado de la concentración en La Mina, los dueños del pichón embadurnado esa fecha concurren temprano a la gallería de Mucurumbo a las 7:30 p.m. ya el cuidador de aves picadoras-pateadoras al combatir tiene las maletas de gallos finos listas para introducirles los peleadores que viajan a la concentración minera; a las 8:15 a.m., parten los galleros, 'alzando el vuelo' en el carromato de Enrique Zabaleta para la congregación de petardos con espuelas llevando arrastra los maletines transportando dos bravos a cuesta, un gallo chino de Enrique Zabaleta y el repintado. Arriban al sitio de las peleas de machos portadores de naturales picos poseyendo patas teniendo hirientes aguijones, más plumajes de colorinches variados ubicados de forma abundantes en cada uno de los penachos de los temerarios bípedos; la asistencia de público es bienhechora, incluso, arriban 5 aborígenes arhuacos portando sus mantas ancestrales vistiendo sus organismos, son de cotón muy tupido, poseen un gorro, unos pantalones de cotón cubiertos por una manta indígena. La llegada de galleros desde Valledupar, Patillal, Atanquez, Badillo, incluso el departamento de la Guajira presentándose la Junta es exuberante. Presentándose la concurrencia de la población de La Junta Guajira; es casado el gallo de Zabaleta que está en la cuerda Los Mucurumbos, el esposo de Marina se arrancha en la báscula esperando un pollo que pese tres libras, todos los que acuden a la báscula de pesar los reñidores tienen más de 3 libras, pero está un gallo amarrado en una cachiporra, Melquiadito, lo divisa ilustrándole a 'Yayo':

—Ese gallo, estoy seguro sale enfrentando al Pinto, tienen la misma estampa, cuando lo conduzcan aquí hasta el peso, le saco la fiera embadurnada de colorinches en todas sus plumas, ese hará la riña peleando frente a nuestro pollo pinto.

Son las 4:00 P.M. la gallera se encuentra atiborrada, cuándo llevan el gallo morado a la balanza el papá de 'Jairo, arriba a ese sitio llevando su animal de pelea brava, ya están pesando al entono, cuando terminan de pesarlo, Melquiadito Mindiola Guerra pesa el de él. Los galleros del animal azulado le comunican:

—Tiene las mismas libras que este, echemos esa riña, vamos, anímense–. Melquiadito, responde a los galleros de la Junta Guajira:

—Va con ese, no visto otro de tres libras.

Los dueños del gallo morado comunican:

—Pero le solicito una espera, es que tenemos dos riñas por delante, una vez terminadas esos altercados pase lo que pase va esta pelea.

—¿Por cuánto va la riña?– Interroga Melquiadito.

—Por un millón de pesos.– Responde un juntero.

—No se diga más, pero nos avisan cuando podemos calzar.

Las riñas en la población La Mina continúan, las peleas son seguidas, las cuerdas de Valledupar asisten casi en pleno, no tienen descansos las barras, entre ellos, los apostadores independientes que no tienen gallos solo van a hacer millonarias apuestas en lugares de reyertas emplumadas galleriles[49]. Pasan diversos combates de camorristas facturando espuela; a las 6 p.m. los galleros de la Junta, San Juan, Guajira, Colombia, se allegan a Melquiadito, advirtiéndole que ya pueden calzar, el distinguido para instalar los estímulos es Enrique Zabaleta, el padre de Jairo 'Macabí' le comunica al guajiro que enseguida le colocarán los acicates al joven reñidor que pugnará enfrentando al balandrón de él, el anunciado Enrique Zabaleta le participa a Mucurumbo:

—"Sujétame el peleador parricida"–. Andrés toma el presumido impulsivo, Enrique Zabaleta le instala adminículos penetrantes para que se inserten en la colectividad del antagonista convirtiéndolo en un despojo destrozado; los amigos de Mucurumbo, cada uno, apuesta $300,000,00, El calzador le introduce $100,000,00, faltan para completar el millón, trecientos mil pesos, los galleros de Valledupar no apuestan a favor del gallo apodado Pinto, José Miguel Carreño, presente en ese trance de galleros, le comunica a Ernestinito Daza, que le apueste los trecientos mil pesos que le faltan al competidor pinto, ya que es buen peleador, él acogiendo las recomendaciones de su amigo, le va en la lista al camorrista coloreo.

Los contendientes son llevados al círculo donde compiten los pollos de casta brava, son entregados a los jueces juntos al dinero apostado, pican los peleadores, el dueño del gallo morado detiene la contienda, farfullando:

—¡Voy un millón de pesos por fuera!

—Van— Grita el patillalero Ernestinito Daza, a continuación, barbulle:

—Voy otro millón—. Otro juntero manifiesta:

—Apostados, el mío es el morado, o sea, el ganador.

Jairo Macabí, presente en ese sitio, balbucea:

—Ganador, falta un "yo lo vi", porque ese gallo pintarrajeo, es matón. Por eso lo anda buscando la ley (Risas en público presente).

Los animales son picados, los jueces se apartan, sueltan contendores; los brutos se van arriba, caen al suelo, el dueño del gallo purpúreo. Exclama:

—Vamos gallo morado, que hoy completas las quince riñas ganadas, esa mugre no te verá una.

Jairo Macabí, lozano atrevido, responde:

—Puede llevar catorce, pero hoy se muere.

En un momento que el gallo Pinto repela tres veces sin picar Ernestino Daza expresa:

—Ese pollo Pinto no es bueno, es una exhalación.

Los gallos se patean una y otra vez, permanecen riñendo, como a los cinco minutos el gallo morado estira el pescuezo dejándolo de esa forma, el pollo Pinto sale corriendo para un lado, (muchos gritan: Se corrió) luego se regresa haciendo un vuelo conduciendo las patas hacia adelante, la cría morada cae al suelo brincando insalvable agonizante. En esa riña, el pollo Pinto gallino, mostró que tiene casta de gallo peleador, en esta contienda si convenció a uno de sus dueños, Melquiadito que afirmaba antes de esta riña:

—No lo he visto reñir, ha matado dos fanfarrones de patadas, para mí, es un pollo matador, no peleador–. Ese día, Melquiadito Mindiola Guerra, en medio de su euforia, dijo:

—'Yayo', ahora tenemos un gallo de casta, se lo echamos al que se atraviese, puede venir del infierno, no le tendremos miedo con este animal, no andaremos huyéndole a nadie. Olivares puede afirmarlo, el primer muerto fue de los de él, llevaba cinco riñas ganadas.

La gallera se termina a las 10:00 P.M. El público comienza a desfilar para sus cobijos, Enrique Zabaleta en forma jocosa expresa:

—Vamos, ante que un mantudo nos quite lo ganado hoy.

Melquiades, conocedor de los aborígenes, refuta:

—Los cabezas de totuma no hacen esas cosas–. Enrique Zabaleta, finge seriedad, luego, emite su boca una carcajada cómplice de sus afirmaciones.

El pollo Pinto, es peleado dos veces más, en esas riñas, mata de entrada. Lo sueltan, en una casa tapiada del barrio Cicerón Maestre de Valledupar, regresa a los tres meses, viene hermoso de plumas secas, es dejado donde Andrés Gómez, quien lo motila inmediato recibirlo, ya pesa tres libras y media, cuando Melquiadito lo ve nuevamente motilado, dice:

—No le hemos cogido hijos, me lo llevo a la casa unos veinte días, le pondré dos gallinas, cuando se encluequen lo traigo nuevamente. El animal es trasladado para donde Melquiadito. Un día salió al parque acompañado de las gallinas que cruzaban siendo actor principal el embadurnado, arrancó en carrera para donde cantó un gallo y el marido de una sobrina de Julio Olivares, a quien le dicen "le dicen Checha" usando un presumido afinador lo agarró, lo introdujo en una caja de cartón de inmediato fue a venderlo a Maicao, por miserables cincuenta mil pesos. Se lo llevaron para Venezuela. Así fue la sorprendente historia del famoso, perseguido y robado, gallo Pinto.

Ingreso a la Universidad Popular del Cesar (U.P.C.)

En 1980, 'Yayo', ingresa a la Universidad Popular del Cesar. Su matrícula ocurrió en la carrera de Enfermería, iniciando de esa forma una preparación para la atención integral del ser humano que tenga problemas de salud; el señor rector, para esa época, es el "experto", César Mendoza, quien golpeó al estudiante Priscilo Alfandoque cuando participaba en un mitin contra el regente del claustro superior estallando un paro en la U. P. C. que demoró dos años; transcurrido ese espacio largo de cierre del claustro profesionalizador[50] de jóvenes vallenatos del departamento cesarense, incluido toda Colombia e incluso muchos jóvenes del exterior. Nunca, en este país se había presentado un ataque físico en plena concentración de protesta de un regidor en forma cavernaria a un discípulo del claustro universitario; este acto agresivo y provocador debe tenerse muy pendiente por los Ministros del Estado, para no designar en los cargos de regidores Educativos Públicos a personas que no tengan el tacto humano para enfrentar problemas del estudiantado rebotado en una universidad, ahí, pudo desatarse un inconveniente de terribles consecuencias para la sociedad, afortunadamente los estudiantes no respondieron usando la misma irreflexiva antisocial embestida, afortunadamente la gran mayoría de educandos eran señores adultos con esposas e hijos que ya piensan antes de actuar se encontraban en la universidad vallenata ya que en su juventud no poseían los medios económicos que les permitiera viajar adelantando una carrera para ejercerla en bien su estado social. Si un acto agresivo hubiera sido esgrimido por los estudiantes contra el rector de la U. P. C. en ese momento aún hoy lo lamentáramos, afortunadamente para bien de la sociedad no se dio zafio resultado.

Cuando ingresa nuevamente la U. P. C. a clases, el regente de la universidad escogido por el Ministerio de Educación es el doctor Carlos Morón Cuello, oriundo del municipio de La Paz, Cesar, Colombia. Se inicia el proceso académico, las clases tienen el juicio de aprobación de las cuatro carreras, que funcionaban en la universidad: enfermería, administración, contaduría, matemáticas y física. La primera promoción de enfermería termina su proceso académico, siendo graduados acarreando aprobación a bordo. Les dan aprobación a matemáticas, a los pocos días le llega el beneplácito a contaduría y a la carrera de administración de empresas. Los procesos de estudios en las cuatro carreras siguen su curso, han salido varias promociones en cada una de las ocupaciones asentadas en la academia del Alma Mater de Valledupar, la que se adecuó para abrir nuevas carreras y servirle mejor al país, podemos decir a boca llena al mundo terrícola que esta ciudad tiene su universidad pública sirviéndole a todo el que desee estudiar una carrera y prepararse mejor académicamente. Sus egresados, están trabajando en otros países, cito dos ejemplos, Jorge Useche y Jorge Olmedo, Enfermeros de la facultad de la salud de la U.P.C., laboran como Asistentes de salud en Italia, les ha ido magníficamente. En la actualidad, la universidad posee más de 20 carreras, por ejemplo, en salud, encontramos terapia ocupacional, en educación, biología y química. No seguiremos nombrando las nuevas carreras, les participo que pueden llegar a la U. P. C. y comprobar sí lo expresado es cierto. Sí Se ha erguido este claustro como un símbolo a la educación de generaciones de Colombia.

Hagamos historia de la Universidad, U. P. C. (Universidad Popular Del Cesar).

Nació como ITUCE, un Centro Educativo, con cuatro singularidades intermedias, que funcionó en la Cede de Hurtado, luego este ente debido a las exigencias de los educandos fue convertido en universidad, su sede ubicada frente al río Guatapurí, llegó un momento en que ese local fue insuficiente para la cantidad de educandos, se realizaron las gestiones necesarias, los estudiantes se trajeron pupitres para la cede que hace parte de la Alcaldía de Valledupar donde funcionó una abadía, la carrera de enfermería que había sido ubicada frente a la casa de la familia Pavajeau que se sitúa diagonal a la facultad de matemáticas y física, administración y contaduría. En esos puestos estuvieron los estudiantes recibiendo su academia, hasta que se construyó la Cede Central De la U.P.C., que pernocta frente al Parque la Vallenata, en un local amplio, pero no suficiente para los menesteres universitarios en su totalidad por tal razón no se ha abandonado la Cede de Hurtado, en esa área, también se ejecuta actividad universitaria. En las aulas prestadas una y arrendada la cede de la de carrera de Enfermería, La U.P. C. desarrolla durante 8 años en estos locales las actividades que tienen que ver con el conocimiento científico trasladándose para su morada propia. Los nuevos aprendices universitarios no conocen los sin sabores que vivieron los primeros estudiantes de la Universidad Popular del Cesar: Son los matriculados en ITUCE los que incendiaron la mecha para que ese Centro Educativo se transformara en Universidad, ese fue 'La gota que rebosó la copa derramándose el fino trago', eche, los dicentes de EL ITUCE, les tocó luchar para que este claustro se convirtiera en una realidad colegial escolástica como si la Educación Superior a nivel del conocimiento avanzado no fuera un derecho inalienable que posee todo ser humano en la tierra tenga la nacionalidad de cualquier país, este derecho se encuentra plasmado en la Constitución Nacional; siempre los representantes del Estado en estos talentes circulan desubicados a propósito o por desconocimiento de los derechos ciudadanos plasmados en la Carta Magna de la Nación. Gracias, a los que han pugnado para que este centro de la Educación en el Cesar sea lo que es hoy, no tienen por qué arrepentirse de este experimentado histórico que ha venido a enaltecer esta siempre Olvidada Zona de Colombia. Los alegatos ante presidentes de la república de este País durante varios años por parte de destacados ciudadanos de la región fueron determinantes, siempre recordarán como un acto civil favorable a la juventud, por el ámbito que ha cubierto este hecho trascendente para las familias de esta región, al aupar la creación del famoso claustro universitario bautizado Universidad Popular del Cesar. Las batallas libradas por los trabajadores colombianos fueron importantes, por tal razón, los trabajadores colombianos y la juventud deben mirar este hecho como un logro que beneficia a la zona del Cesar y la Guajira; no se desconoce el apoyo brindado por los sectores sindicales de la zona cesarense y de Colombia para lograr que la universidad se constituyera en una columna vertebral impartiendo el conocimiento moderno que hoy se practica en el planeta tierra. Famosos son los pronunciamientos realizados por el Sindicato organizado en la Empresa de Cicolac, Caja agraria, El Sindicato de Salud Cesar y otras organizaciones gremiales haciendo alcanzar estas querellas al jefe Magno de Colombia y su ministro de Educación; podemos contemplar la participación de la sociedad en su conjunto procurando el logro de un Instrumento Educativo Superior, que forja profesionales que benefician a la sociedad regional, nacional y mundial.

Un joven del pueblo busca sus objetivos

'Yayo', tiene sus dos primeros hijos (Varones) con su cónyuge deciden no tener otros retoños para poder educar a los ya nacidos; el muchacho diario va a su trabajo confeccionado como educador, el sitio de labores de este joven es la Escuela Juana de Atuesta, del corregimiento vallenato Mariangola, un corregimiento de Valledupar, Cesar, Colombia; la enseñanza, la planifica según su horario en la carrera que adelanta en la U.P.C. Algunas veces va de mañana, otras ocasiones lo hace de tarde; lo cuadra con sus alumnos hecho que es factible después de dialogar con su directora, Carmen Torrenegra, Oriunda de Baranoa, Atlántico, Colombia.

El educador no escogió esa profesión de pedagogo por salir del paso haciendo 'algo', desde niño tenía tendencias hacía esa profesión, le ayuda a realizar tareas a compañeros que tienen problemas en algunas materias del campo educativo, con respecto a él, cuando cursaba sexto de bachillerato, (Hoy undécimo grado) fundó un instituto, el primer año tenía 30 alumnos, el segundo aumentó a 150 y el tercer año de fundada la escuela, existían 320 alumnos niños y niñas, teniendo que alquilar un espacio para esa cantidad de educandos, buscar más pedagogos para dictaminar los temas de clases. Esa Escuela, llevaba el nombre de José Celestino Mutis, fundada en 1970 y que estuvo al servicio de los discentes hasta 1978, en el barrio San Joaquín de Valledupar, Cesar, Colombia.

En el año 1980 se matricula en la Universidad Popular del Cesar, en la carrera de enfermería, dando inicio esa profesión, ya estaba nombrado en la educación oficial, después que se graduó de enfermería descubrió que el nombramiento en salud es con base a politiquería, esta razón lo hizo tomar el camino de la enseñanza, tenía una investidura de docente, había cursado la pedagogía en La Normal de Manaure, teniendo dos títulos: Bachiller Académico y Bachiller Pedagógico, uno entregado por el Colegio Ciro Pupo Martínez, de la Paz, Cesar, el otro, lo emitió la Normal de Manaure en 1981, después de tramitar los cursos de profesionalización en educación.

Acogió el pensamiento de la lucha popular, matriculándose de lleno en el MOIR (Movimiento Obrero Independiente y revolucionario), asistiendo a reuniones sindicales, conferencias en recintos culturales y discusiones políticas; siempre ha mantenido liderazgo en las comunidades donde habita organizando caminatas por la consecución de óptimos servicios públicos, ha organizado grupos de teatro, en la U.P.C., los colegios que ha pisado, haciendo presentaciones en muchos departamentos del país; cuando estuvo en la Universidad Popular del Cesar, llegó a la oficina de Bienestar Estudiantil, le indagó a la jefe de Bienestar: ¿Qué si la Universidad tenía un grupo teatral? Ella respondió: "No lo tenemos", él la interpela: "Vengo a proponerle que una tropa de estudiantes, que tenemos una obra montada, queremos actuar como grupo de la universidad–. La jefe de Bienestar Estudiantil se para y lo abraza, contestándole:

—¡Lo acepto, espero que eso no sea falso, tenemos un acto pasado mañana, ahí los estrenaremos!

'Yayo' observa persistentemente a la jefe de la oficina, respondiéndole:

—Así será, en ese acto debutaremos como grupo de teatro de la U. P. C. Por favor, Dígame la hora del evento en el recinto donde funciona matemáticas, contaduría y administración.

—A las 4:00 P.M. Allí los esperaré puntualmente, estaremos pendientes a la llegada de ustedes.

—No se preocupe, ahí estaremos a esa hora.

—¿Qué necesitan?

—Un carro, hay unos implementos que debemos traer.

—¿Un taxi, puede hacer eso?

—Sí, un taxi sirve.

—Tome el inicio para que cancele la carrera del taxi. Confío ciegamente en usted ¿Por qué no había arribado antes?

—Les había comentado a mis compañeros, no lo creían posible.

—Ellos están equivocados, los triunfos serán para la universidad ¿Dónde están esos jóvenes?

—En La Facultad de Enfermería, ya se los busco…

El lozano va y trae a sus amigos, al llegar, musita:

—Aquí están, para que vea que no le echaba carretillas (Mentiras).

Llega Fabio Ambrosio con Miguel Darío Francachela, la jefe de bienestar universitario les inquiere:

—¿Cuál es la obra que han montado con el joven 'Yayo'?

—La Madriguera–. Contesta Fabio, mientras observan sus compañeros; la jefa de Bienestar Universitario, "presta atención" apuntando:

—¿Cuántos personajes tienen en esa obra?

—Dos, yo controlo los sonidos.– Afirma 'Yayo'– pero estamos preparando la obra "Farsa y Justicia del Señor Corregidor, Acto del español, Alejandro Casona" tiene más de 10 personajes.

—¡Que bien! ¿Por qué no me habían avisado? Les habría conseguido los vestuarios, para que actúen a nombre de la Universidad Popular del Cesar.

Miguel Darío Francachela, musita:

—Apenas tenemos 20 días de haber comenzado clases en la Universidad.

—Ahora sí entiendo, entonces ustedes actuaban desde antes de llegar a la Universidad Popular del Cesar.– Responde la jefe de Bienestar Universitario.

'Yayo' desnudando inteligencia, murmura:

—Ese grupo se llama "La Carreta", ahora lo gritaremos: "Grupo de Teatro La Carreta de la Universidad Popular del Cesar".

Estos alumnos trabajadores en el campo de la cultura terminan la carrera en la Universidad Popular del Cesar, pero dejan un ente formado que seguirá actuando a nombre de la universidad.

'Yayo' no se ha quedado estático, en toda institución Educativa dónde entrega sus servicios pedagógicos, no pasa inadvertido, organiza grupos de teatros con los cuales escenifica las siguientes faenas teatrales: Farsa y Justicia del Señor Corregidor, Idea de Alejandro Casona, Crónica de Una Muerte Anunciada creada por Gabriel García Márquez. La Agonía del Difunto, Pensada por Esteban Navajas, Sol Subterráneo, Supuesto de Jairo Aníbal Niño, Fundación de Valledupar, escrita por Adaulfo Galvis Contreras, La Madriguera, concebida, Jairo Aníbal Niño (QEPD). Se conoce el Monólogo, Isabelo, forjado por Adaulfo Eduardo Galvis Contreras.

Fundador del grupo teatral la Carreta, piensa en el futuro, cree que dentro de pocos años las cosas serán muy diferentes a las actuales, "todo el mundo deberá tener una ocupación que le aporte para vivir en este cosmos. Nadie, podrá pensar en vivir de los demás, los corruptos se habrán extinguido, quien desee practicar ese mal, lo sancionarán socialmente, las damas tendrán verdaderamente los mismos derechos del hombre, el asesinato, los odios, las discriminaciones serán equívocos del pasado, los niños no serán huérfanos así y sus progenitores hayan fenecido, los ancianos no deambularán por las colaterales y espantadas harapientos sin ingerir alimentos, la educación para niños y niñas será una verídica obligación del "Estado"; de repente, el hombre se acuerda prepararse para el viaje, que deben "estar sobre aviso en compañía de su esposa e hijos para asistir a las playas de Riohacha Guajira", Colombia. Llama a su cónyuge, diciéndole:

—El paseo es mañana, no nos hemos preparado—. Clama el personaje a su compañera, ella esbozando una sonrisa en sus belfos, tranquilamente, musita:

—No te has preparado tú: hoy he pugnado en tener todo listo, vestidos de baños, los mecatos que llevaremos, buscar el cuidandero de la casa, en fin, todo está dispuesto para viajar, hasta el carro mandé a rellenar de gasolina.

—"Cuando uno consigue quien lo cargue, se las da de pesado"–. Contesta 'Yayo'.

—Eso crees tú, fanatizabas que su tranquilidad, nos embolatarías la diversión que hemos planificado desde hace días.

—No pienses en esas cosas, en la madrugada nos vamos; debes decirle al que nos cuidará aquí que se venga a dormir en la casa hoy porque salimos a las 3 a.m.– La señora del hablante, murmura:

—Busqué a Gache, tu tía con su hijo.

—Diles que viajamos a las 3 a.m., temprano los tendremos en este lugar.

—Ya voy a llamarlos, no se negarán, les atesté la nevera de comida.

Gache, se reporta a las seis p.m. el hijo lo ejecuta a las siete y media, cuando arriba masculle:

—No hice cena, por lo tanto, no he comido.

Jorge, ahí sobre la estufa hay carne guisada, yuca, arroz, además plátano amarillo asado y ensalada, todo está cocido: "Como te quedó el ojo"–. Musita Omidia.

Jorge, el hijo de Gache, se dirige a la cocina, balbuceando:

—Saturadas de comida veo esas bandejas–. Gache le ha vertido manducatoria en una bandeja, ella también se sirve en una escudilla, iniciando ambos a saborear lo que concurre en los recipientes, terminan sentándose en unas butacas que se encuentran en el lobby de la casa, entablan diálogo con 'Yayo', es Gache, la iniciadora de la conversa:

—Tú te acuerdas de los Mayales, o sea, de los terrenos del viejo Cheche tu abuelo y tío Manuel Fabián.

—"Ni descachuchado[51] que estuviera olvidaría esos terrenos", como dijo Nono, una vez, que estaba descachuchado y lo convidaron a empujar un carro "Ni descachado que viviera me asolearía empujando ese infeliz vehículo". Contesta el señalado, luego sigue la charla–. Vea, si no me acuerdo de esos terrenales, de mi abuelo Cheche y mi tío Manuel Fabián, estoy jodido hasta del pelo; ahí viví mis primeros años, no crea que soy descabezado olvidadizo de los recuerdos de la familia teniendo presentes sus gratificantes experiencias coexistidas. Eso le puede pasar a este mequetrefe[52] (señala al primo), que ni siquiera ha oído hablar de esas vivencias y ese regocijante sitio y si ha oído conversa de este placentero punto lo olvidó porque no prestó atención pensando que era una mentira bien tramada:

—"Esa joda que es, han dicho falsedades por no tener de que hablar".

—Que le dije, este alfarache desconoce esas cosas, no hay que culparlo.

'Yayo', sigue pensando, mentalmente realiza un recorrido de sus etapas de la vida, una sonrisa brota en sus hocicudos cuando recuerda a muchos de los conocidas en su niñes que pensaron de su personalidad ya que él no permitía que otros niños abusaran de sus juguetes eso condujo a que cuantiosas lenguas pérfidas creyeron que iba a constituirse en un antisocial, otros, predijeron que sería un fracaso total de los demás; pero ahí están los hechos relacionados con 'Yayo', ejecuta acciones contrarias de lo que la mayoría de sus acreditados presagiaron, logró la fortuna de obtener títulos en dos carreras universitarias: Enfermería en la U.P.C. y Licenciatura en Educación de la pedagogía Recreativa con Énfasis en Ciencias Naturales título otorgado por la Universidad Francisco De Paula Santander.

Alcanzó de forma posterior, la Especialización de Pedagogía Recreativa. Hoy sigue ejerciendo la enseñanza y está a punto de pensionarse. Continúa colocando sus conocimientos, al servicio de la gente, sobre todo de la niñez y la juventud.

Vocabulario

1. **MAPARAPO:** Algo horrible, es tan pavoroso, que el ser humano que lo ha observado, se cubre los ojos cuando concibe su presencia.
2. **ENGENDRO:** Una creación bárbara, algo inequívocamente monstruoso.
3. **BOLLO:** Producto elaborado de masa de abatí y millo, es alargado y redondeado se cubre con hojas de mazorca luego se amarra con una pita delgada y se envasa en una marmita con agua hasta que monte a un fogón y se cocine. La persona que lo elabora le puede agregar queso, mantequilla y un punto de sal a la masa.
4. **AREPUELAS:** Arepa de maíz que se frita, cuando se infla, se saca del caldero, vertiéndosele huevo de gallina y queso rallado, vuelve y se echa en el aceite caliente después de taparle el orificio con masa de abatí revuelto con millo por donde se introdujo el germen de ave para que termine de sofreírse, llamándose "Arepa de huevo".
5. **TACANES:** Cada piedra con lo cual se arma un fogón generalmente es construido en el suelo, es un tacan en forma singular; en plural se pronuncia tacanes, en esa caldera se cocina generalmente alimentos, cada uno de los tres aerolitos escogidos sirve como sostén de la olla o cazuela donde se cocerá la comida. Un fogón se arma con tres tacanes.
6. **CAGAJÓN:** Estiércol del caballo o asno cuando se encuentra seco calcinado por el sol canicular.
7. **COCO:** Con este término se hace referencia a la cabeza del ser humano. También es nombrada la fruta del árbol de coco.
8. **GRIEGO:** El termino Griego no hace referencia al gentilicio de la población de Grecia, pero en algunas regiones de Colombia se refiere a una persona desubicada al no entender

lo que le han expresado en su idioma. La gente del común sostiene que esa persona ha quedado orejona o griega.

9. **ESTAPÁNDOTE:** Si a alguien le aplican un golpe contundente usando un madero o piedra en la cabeza, le dicen: "Ese hombre te estapó con ese golpe que te propinó con esa piedra". Esto quiere significar, que lo golpearon en la cabeza haciéndole una herida, que puede ser superficial o llevando comprometimiento de cráneo.
10. **CARPA:** Mujer que tiene el proceso de pensamiento alterado, echa la suerte y cree que es adivina, vivió en la calle 16 entre carreras 9 y diez. Hoy, es una leyenda en Valledupar.
11. **PLASTA:** Lo expulsado por una vaca al defecar, a este excremento de ganado vacuno también se le llama boñiga.
12. **VICHE:** Es una fruta cuando inicia su proceso de formación en la planta o árbol que la produjo.
13. **CÁMCAMANA:** Dama de más de 70 años.
14. **MACHUMPA:** Un dios para la Adivina Carpa.
15. **CONGARGALLA:** Mote del órgano genital femenino; también, es un Dios para las mujeres opina la Carpa.
16. **COPA:** Órgano genital masculino según la hechicera CARPA.
17. **PRINGAMOZA:** Planta demasiado urticante que es oriunda de américa.
18. **BOCAMBALA:** Dios de la masculinidad para Carpa.
19. **XENUCOMBO:** Otro dios de lo masculino para la pitonisa.
20. **ZALENCOPIA:** Dios de los hombres.
21. **SANGACANUTO:** Representa un dios de la masculinidad.
22. **FARANFANFÁ:** Individuo u hombre afeminado.
23. **LA SIN HUESO:** Con este nombre se designa la lengua.
24. **JOVIE:** Viejo leído cada sílaba desde la última hasta la primera.
25. **MONRA:** Ramón yuxtaponiendo las silabas.
26. **CARRETILLA:** Un sartal de mentiras. A veces es un instrumento de metal o madera usado en las construcciones de albañilerías u otras actividades.

27. **CHURRO:** Licor destilado cuando se hace panela en finca COLOMBIANA panelera.
28. **PALIZADA:** Conjunto de madera que presta un servicio, por ejemplo al construir una troja en un país suramericano.
29. **PARIR:** Es la acción de expulsar un feto por la vagina una dama, después que nace se le llama niño.
30. **ALUMBRAR:** Es el proceso de exclusión del vientre de una placenta posteriormente que ha nacido un niño.
31. **ELIPRUJO:** Un revoltillo de comida; cocer plátano, se muele, le adherimos huevo, azúcar o sal y huevo de gallina; moviéndose o menea constantemente hasta que expele un buen olor. También se le puede agregar yuca cocida y molida además le puede envasar queso rallado e incluso leche.
32. **MEDIA AGUA:** Es una casa estilo rancho que nada más le han edificado la mitad, pero se encuentra habitada por humanos.
33. **MONDAQUITA:** Hace referencia a un miembro viril de poco tamaño.
34. **FARACATEO:** Humano que no está tranquilo, es muy incómodo, protesta por todo "nada le acomoda y todo le incomoda".
35. **ANCIANITUD:** Anciana o anciano en su última etapa de la vida.
36. **RAMBADO:** Persona que posee la cabeza rapada.
37. **ALAMBRERO:** Se llama con este apodo a una res o ganado vacuno que rompe el alambre púa de un potrero pasándose a otro.
38. **TROPELÍN:** Una discusión donde intervienen varias personas hablando a la vez armando una gritería que no se entiende.
39. **JUECIAMOS:** Sirven como juez o dicta sentencias.
40. **LAMBONERÍA:** Es cuando una persona le inventa cosas diciéndolas a su patrón por quedar bien parado ante él, denigra de sus compañeros de labores.
41. **MOTOLA:** Este vocablo significa cabeza.

42. **MAMÓN:** Es un gallo fino peleando que pica y no repela, al coger el cuero de otro peleador con su pináculo, hace como si se lo fuese a tragar.
43. **TUMBA:** Cuando un gallo es herido en la pechuga y cae con las patas a la zaga ha sufrido una tumba.
44. **MANPLÓN:** Un gallo basto acuerpado y pesado, camina con dificultad es muy provocador con otros gallos.
45. **MEJODE:** Una expresión lingüística que denota admiración cuando se observa un suceso inimaginable puede ser negativo o positivo.
46. **ALFANDOQUE:** Es un producto que se ocasiona al hacer la panela, lo causan en Atanquez, un corregimiento de Valledupar. Tiene un sabor agradable, lo venden envuelto en majagua de plátano.
47. **POPORO:** Calabazo pequeño usado por los Aborígenes Arhuacos para introducirles conchas marinas trituradas revueltas con hayo.
48. **MALANDRITO:** Un Farmacodependiente convertido en ratero, persona de malas costumbres desorientada por el consumo de alucinógenos, puede ser rescatada de manera social.
49. **GUACHARACO:** Es el macho del ave llamada guacharaca.
50. **GALLERILES:** Algo referente a los gallos de riñas contundentes.
51. **PROFESIONALIZADOR:** Ingenio o crónicas de una Institución de Estudio, que otorga Títulos Profesionales después que el educando ha vivido un proceso de formaciones y prácticas durante 5 años o más.
52. **DESCACHUCHADO:** Humano desquiciado mental. Una persona que tiene el pensamiento alterado.
53. **BUCHESANGRE: Un gallo que recibe una puñalada en el buche haciéndolo sangrar copiosamente.**
54. **MEQUETREFE:** Persona que no le aporta nada a la sociedad, don nadie.
55. **ESCÁNDALO:** Demasiada bulla cuando se discute como si se fuera a pelear.

www.ingramcontent.com/pod-product-compliance
Lightning Source LLC
LaVergne TN
LVHW011714060526
838200LV00051B/2903